Edgar Allan Poe

Le Chat noir (1843)
La Lettre volée (1844)

Texte intégral
Traduction de Charles Baudelaire

LE DOSSIER

Deux nouvelles à énigme

L'ENQUÊTE

Comment est née la police ?
Comment ont évolué ses méthodes ?

Notes et dossier
Timothé Léros
Agrégé de lettres

Collection dirigée par
Bertrand Louët

Hatier

Sommaire

OUVERTURE

ISBN : 978-2-218-95429-0

Le Chat noir

Les personnages

LE NARRATEUR

Avant que ne surviennent les événements qui l'ont conduit en prison, le narrateur était un être bon, avec une tendresse particulière pour les animaux. Il devient peu à peu irritable et violent.

SA FEMME

Elle aussi aime beaucoup les animaux. Épouse idéale, elle est douce, tendre et patiente, et le demeure tout au long de l'histoire.

LES DEUX CHATS

Le narrateur les adopte successivement, le second après la mort du premier. L'un et l'autre se ressemblent beaucoup : ils sont tous les deux gros et noirs, et si le second n'avait pas une grosse tache blanche sur la poitrine, on pourrait penser qu'il s'agit du même animal…

Les circonstances

C'est en prison, la veille de son exécution, que le narrateur écrit l'histoire. Il revient sur la « chaîne de faits » qui l'ont amené à commettre l'irréparable. On ignore cependant le lieu et l'époque des événements racontés...

L'action

1. Un soir, sous l'emprise de la boisson, le narrateur éborgne son chat. Puis, mû par ce qu'il analyse comme de la perversité, il le pend.

2. Ayant adopté un autre chat, il le prend en grippe et cherche à le tuer, mais tue sa femme qui s'est interposée. Après avoir emmuré le cadavre, il pense être enfin tranquille...

Le but

Dans cette nouvelle, Poe suscite pleinement l'inquiétude fantastique. Les meurtres commis s'expliquent-ils par le caractère démoniaque des chats ou sont-ils à mettre sur le compte de la perversité du narrateur ? L'hésitation demeure à la fin du récit.

La Lettre volée

Les personnages principaux

LE NARRATEUR

Ce jeune Américain se caractérise surtout par son admiration pour son ami Dupin.

DUPIN

Esprit logique supérieur, sûr de lui, Dupin a raison des énigmes les plus insolubles.

LE MINISTRE D...

D'une intelligence machiavélique, le ministre D... n'hésite pas à recourir au vol et à la dissimulation pour avoir un moyen de pression sur la famille royale.

Les personnages secondaires

LE PRÉFET DE POLICE DE PARIS

Son incapacité à résoudre l'enquête l'amène à demander l'aide de Dupin.

Les circonstances

L'histoire, qui s'étend sur « dix-huit mois », débute « à Paris en 18... », un soir d'« automne », dans l'appartement du narrateur « rue Dunot, n° 33 » ; on est ensuite invité à se représenter, dans un quartier plus cossu, le logement du ministre D...

L'action

1. Le préfet de Paris expose à Dupin et son ami, dans la pénombre, la délicate affaire de la lettre mystérieuse. Cette lettre galante a été dérobée par le ministre D... chez la reine, en sa présence, dans l'intention de la faire chanter.

2. La police a fouillé vainement l'appartement de D... ; la cachette de la précieuse lettre est introuvable. Dupin, s'étant rendu dans le bureau du ministre D..., parvient à déduire où est la missive et réussit l'exploit de la voler...

Le but

Avec cette nouvelle, Poe invente le récit policier. L'énigme du vol de la lettre, apparemment insoluble, est élucidée par Dupin, dont l'intelligence hors du commun préfigure celle de Sherlock Holmes...

Qui est l'auteur ?

Edgar Allan Poe (1809-1849)

● UN ORPHELIN ÉDUQUÉ COMME UN GENTLEMAN

Né de parents comédiens itinérants, Edgar Poe est orphelin à 2 ans. Il est élevé avec tendresse par les Allan, une riche famille de négociants catholiques de Virginie aux États-Unis. Il reçoit l'éducation classique de la *gentry* américaine et à 18 ans, refusant de devenir un marchand, il quitte les Allan. Il intègre l'école militaire de West Point puis embrasse une carrière littéraire.

● UNE RECONNAISSANCE DIFFICILE

En 1831, le *Saturday Courier* accepte de publier ses premières fictions : il s'installe à Baltimore et devient journaliste. Il écrit jour et nuit mais, sans le sou, il sombre souvent dans l'alcoolisme. En 1839, la parution des *Contes du grotesque et de l'arabesque* est un échec. Pourtant, tous les journaux s'arrachent ses récits : *Double assassinat dans la rue Morgue* (1841), *Le Chat noir* (1843), *La Lettre volée* (1844)... En 1845, avec *Le Corbeau*, il accède enfin à une célébrité immense. Le 3 octobre 1849, il est retrouvé inconscient dans une rue : les causes de sa mort restent inexpliquées.

● LA GLOIRE *POST MORTEM* SUR LE VIEUX CONTINENT

Quelques années plus tard, alors que Poe est menacé d'oubli, Baudelaire traduit une cinquantaine de ses nouvelles sous le titre *Histoires extraordinaires*. L'ouvrage devient vite une œuvre-phare.

	1809	**1821**	**1827**	**1830**	**1836**
VIE DE POE	Naissance à Boston ; adopté par les Allan, il est scolarisé à Londres	Poe fréquente les meilleures écoles privées américaines	S'engage dans l'armée ; premier recueil de poèmes : échec	Il entre à la célèbre école militaire de West Point	Mariage avec sa jeune cousi Virginia (14 an
	1809	**1821**	**1829**	**1830**	
HISTOIRE	Goethe, *Faust* ; Chateaubriand, *Les Martyrs*	Hoffmann, *Le Chat Murr* (récit fantastique)	Balzac, *Les Chouans* (récit policier)	Début du règne de Louis-Philippe, roi des Français, et de la monarchie de Juillet	

Que se passe-t-il à l'époque ?

Sur le plan politique

● LOUIS-PHILIPPE Ier, LE DERNIER ROI

En France (1830-1848), règne un monarque capitaliste, favorisant l'enrichissement de la bourgeoisie aux dépens des ouvriers.
Pour contrer les révoltes et la délinquance, on met à la tête de la sûreté Vidocq, truand repenti qui, pour défendre l'ordre public, utilise les méthodes de la pègre (espionnage, délation, chantage).

● L'ÉMERGENCE OUTRE-ATLANTIQUE D'UN MONDE NEUF

Aux États-Unis, après la tradition aristocratique des grands fondateurs et « l'ère des bons sentiments » des années 20, naît une société plus démocratique, où coexistent des planteurs puritains sudistes et des immigrés anglo-saxons ou français, affluant dans les villes.

Dans le domaine des lettres

● LA DÉFERLANTE ROMANTIQUE

Au début du XIXe siècle, artistes et intellectuels européens font prévaloir la sensibilité du Moi et les émotions fortes : tourments du cœur, visions d'horreur, extases esthétiques...

● LE FANTASTIQUE

Au tournant du XIXe siècle naît en Angleterre le roman gothique, où un être maudit vit une situation atroce dans un cadre macabre.

● LA LITTÉRATURE POLICIÈRE

Fasciné par Vidocq, Poe invente en 1841 (*Double assassinat dans la rue Morgue*) la formule du récit policier : suspect, indices, témoignages, recherche des preuves, détective et acolyte.

839 remier recueil e contes ntastiques : échec	**1843-1844** Parution en revues : *Le Chat noir*, *Le Scarabée d'or*, *La Lettre volée*	**1845** Succès du poème *Le Corbeau* ; Poe devient une célébrité	**1847** Mort de Virginia, l'épouse adorée	**1849** Mort d'Edgar Poe dans des circonstances bizarres	
842 ue, *Les Mystères e Paris* écit policier)	**1844** Vidocq (ami de Balzac), *Les Vrais Mystères de Paris*		**1847** Invention des jeans par Levi Strauss ; ruée vers l'or	**1848** Fin du règne de Louis-Philippe et de la monarchie de Juillet Début de la Deuxième République	**1856-1864** Baudelaire traduit et publie tous les récits de Poe

Deux nouvelles à énigme

Le Chat noir

Relativement à la très-étrange et pourtant très-familière histoire que je vais coucher par écrit, je n'attends ni ne sollicite la créance[1]. Vraiment, je serais fou de m'y attendre dans un cas où mes sens eux-mêmes rejettent leur propre témoignage[2]. Cependant, je ne suis pas fou●, – et très-certainement je ne rêve pas. Mais demain je meurs●, et aujourd'hui je voudrais décharger mon âme. Mon dessein[3] immédiat est de placer devant le monde, clairement, succinctement[4] et sans commentaire, une série de simples événements domestiques[5]. Dans leurs conséquences, ces événements m'ont terrifié, – m'ont torturé, – m'ont anéanti. – Cependant, je n'essayerai pas de les élucider. Pour moi, ils ne m'ont guère présenté que de l'horreur : – à beaucoup de personnes ils paraîtront moins terribles que *baroques*[6]. Plus tard peut-être, il se trouvera une intelligence qui réduira mon fantôme à l'état de lieu commun, – quelque intelligence plus calme, plus logique et beaucoup moins excitable que la mienne, qui ne trouvera dans les circonstances que je raconte avec terreur qu'une succession ordinaire de causes et d'effets très-naturels.

Dès mon enfance, j'étais noté[7] pour la docilité et l'humanité de mon caractère. Ma tendresse de cœur était même si

1. **La créance** : la croyance.
2. **Dans un cas où mes sens eux-mêmes rejettent leur propre témoignage** : puisque je doute moi-même de ce que j'ai vu et senti.
3. **Dessein** : but.
4. **Succinctement** : brièvement.
5. **Domestiques** : survenus à mon domicile.
6. **Baroques** : étranges. Les italiques équivalent à un soulignement.
7. **Noté** : connu.

● **Le narrateur conteste le diagnostic des experts psychiatres…**

● **Le narrateur, condamné à mort, écrit sa biographie dans un cachot, dans une «cellule de malfaiteur» (p. 21, l. 235).**

remarquable qu'elle avait fait de moi le jouet de mes camarades. J'étais particulièrement fou des animaux, et mes parents m'avaient permis de posséder une grande variété de favoris[1]. Je passais presque tout mon temps avec eux, et je n'étais jamais si heureux que quand je les nourrissais et les caressais. Cette particularité de mon caractère s'accrut avec ma croissance, et, quand je devins homme, j'en fis une de mes principales sources de plaisir. Pour ceux qui ont voué une affection à un chien fidèle et sagace[2], je n'ai pas besoin d'expliquer la nature ou l'intensité des jouissances qu'on peut en tirer. Il y a dans l'amour désintéressé d'une bête, dans ce sacrifice d'elle-même, quelque chose qui va directement au cœur de celui qui a eu fréquemment l'occasion de vérifier la chétive amitié et la fidélité de gaze de l'homme *naturel*[3].

Je me mariai de bonne heure, et je fus heureux de trouver dans ma femme une disposition sympathique[4] à la mienne. Observant mon goût pour ces favoris domestiques, elle ne perdit aucune occasion de me procurer ceux de l'espèce la plus agréable. Nous eûmes des oiseaux, un poisson doré, un beau chien, des lapins, un petit singe et *un chat*.

Ce dernier était un animal remarquablement fort et beau, entièrement noir, et d'une sagacité merveilleuse. En parlant de son intelligence, ma femme, qui au fond n'était pas peu pénétrée de superstition, faisait de fréquentes allusions à l'ancienne croyance populaire qui regardait tous les chats noirs comme des sorcières déguisées. Ce n'est pas qu'elle fût toujours *sérieuse*

1. **Favoris** : animaux de compagnie.
2. **Sagace** : intelligent.
3. **La chétive amitié et la fidélité de gaze de l'homme naturel** : la faible amitié et la fragile fidélité de l'homme ordinaire.
4. **Sympathique** : identique.

sur ce point, – et, si je mentionne la chose, c'est simplement parce que cela me revient, en ce moment même, à la mémoire.

Pluton[1] – c'était le nom du chat – était mon préféré, mon camarade. Moi seul, je le nourrissais, et il me suivait dans la maison partout où j'allais. Ce n'était même pas sans peine que je parvenais à l'empêcher de me suivre dans les rues.

Notre amitié subsista ainsi plusieurs années, durant lesquelles l'ensemble de mon caractère et de mon tempérament, – par l'opération du démon Intempérance●, je rougis de le confesser, – subit une altération[2], radicalement mauvaise. Je devins de jour en jour plus morne, plus irritable[3], plus insoucieux des sentiments des autres. Je me permis d'employer un langage brutal à l'égard de ma femme. À la longue, je lui infligeai même des violences personnelles. Mes pauvres favoris, naturellement, durent ressentir le changement de mon caractère. Non-seulement je les négligeais, mais je les maltraitais. Quant à Pluton, toutefois, j'avais encore une considération suffisante qui m'empêchait de le malmener, tandis que je n'éprouvais aucun scrupule à maltraiter les lapins, le singe et même le chien, quand, par hasard ou par amitié, ils se jetaient dans mon chemin. Mais mon mal m'envahissait de plus en plus, – car quel mal est comparable à l'alcool ? – et à la longue Pluton lui-même, qui maintenant se faisait vieux et qui naturellement devenait quelque peu maussade[4], – Pluton lui-même commença à connaître les effets de mon méchant caractère.

1. **Pluton** : affreux dieu des Enfers dans la mythologie et la religion romaines ; époux de Proserpine.
2. **Altération** : modification.
3. **Plus morne, plus irritable** : plus triste, plus coléreux.
4. **Maussade** : grognon.

● **Le narrateur utilise ici une allégorie, c'est-à-dire présente une abstraction (l'ivrognerie, l'addiction à l'alcool) sous la forme d'un être animé (« démon ») ; le narrateur se présente ainsi comme une victime.**

Une nuit, comme je rentrais au logis très-ivre, au sortir d'un de mes repaires[1] habituels des faubourgs, je m'imaginai que le chat évitait ma présence. Je le saisis ; – mais lui, effrayé de ma violence, il me fit à la main une légère blessure avec les dents. Une fureur de démon s'empara soudainement de moi. Je ne me connus plus, mon âme originelle sembla tout d'un coup s'envoler de mon corps, et une méchanceté hyperdiabolique, saturée de gin[2], pénétra chaque fibre de mon être. Je tirai de la poche de mon gilet un canif, je l'ouvris ; je saisis la pauvre bête par la gorge, et, délibérément[3], je fis sauter un de ses yeux de son orbite ! Je rougis, je brûle, je frissonne en écrivant cette damnable atrocité !

Quand la raison me revint avec le matin, – quand j'eus cuvé les vapeurs de ma débauche[4] nocturne, – j'éprouvai un sentiment moitié d'horreur, moitié de remords, pour le crime dont je m'étais rendu coupable ; mais c'était tout au plus un faible et équivoque[5] sentiment, et l'âme n'en subit pas les atteintes. Je me replongeai dans les excès, et bientôt je noyai dans le vin tout le souvenir de mon action.

Cependant, le chat guérit lentement. L'orbite de l'œil perdu présentait, il est vrai, un aspect effrayant, mais il n'en parut plus souffrir désormais. Il allait et venait dans la maison selon son habitude ; mais, comme je devais m'y attendre, il fuyait avec une extrême terreur à mon approche. Il me restait assez de mon ancien cœur pour me sentir d'abord affligé[6] de cette évidente antipathie de la part d'une créature qui jadis m'avait tant aimé. Mais ce sentiment fit bientôt place à l'irritation. Et alors apparut,

1. **Repaires** : cafés (lieux).
2. **Saturée de gin** : noyée d'alcool.
3. **Délibérément** : de façon parfaitement consciente.
4. **Débauche** : soûlerie.
5. **Équivoque** : incertain.
6. **Affligé** : attristé.

comme pour ma chute finale et irrévocable[1], l'esprit de PERVERSITÉ[2]. De cet esprit la philosophie ne tient aucun compte. Cependant, aussi sûr que mon âme existe, je crois que la perversité est une des primitives impulsions du cœur humain, – une des indivisibles premières facultés, ou sentiments, qui donnent la direction au caractère de l'homme. Qui ne s'est pas surpris cent fois commettant une action sotte ou vile[3], par la seule raison qu'il savait devoir *ne pas* la commettre ? N'avons-nous pas une perpétuelle inclination, malgré l'excellence de notre jugement, à violer ce qui est *la Loi*, simplement parce que nous comprenons que c'est *la Loi* ? Cet esprit de perversité, dis-je, vint causer ma déroute finale. C'est ce désir ardent, insondable[4] de l'âme *de se torturer elle-même*, – de violenter sa propre nature, – de faire le mal pour l'amour du mal seul, – qui me poussait à continuer, et finalement à consommer[5] le supplice que j'avais infligé à la bête inoffensive. Un matin, de sang-froid, je glissai un nœud coulant autour de son cou, et je le pendis à la branche d'un arbre ; – je le pendis avec des larmes plein mes yeux, – avec le plus amer remords dans le cœur ; – je le pendis, *parce que* je savais qu'il m'avait aimé, et *parce que* je sentais qu'il ne m'avait donné aucun sujet de colère ; – je le pendis, *parce que* je savais qu'en faisant ainsi je commettais un péché, – un péché mortel qui compromettait mon âme immortelle, au point de la placer, – si une telle chose était possible, – même au-delà de la miséricorde[6] infinie du Dieu Très-Miséricordieux et Très-Terrible.

1. **Irrévocable** : définitive.
2. **L'esprit de perversité** : la tendance à faire sciemment le mal par amour du mal.
3. **Vile** : lâche.
4. **Insondable** : inexplicable.
5. **Consommer** : terminer.
6. **Miséricorde** : indulgence.

Dans la nuit qui suivit le jour où fut commise cette action cruelle, je fus tiré de mon sommeil par le cri «Au feu!» Les rideaux de mon lit étaient en flammes●. Toute la maison flambait. Ce ne fut pas sans une grande difficulté que nous échappâmes à l'incendie, – ma femme, un domestique, et moi. La destruction fut complète. Toute ma fortune fut engloutie, et je m'abandonnai dès lors au désespoir.

Je ne cherche pas à établir une liaison de cause à effet entre l'atrocité et le désastre, je suis au-dessus de cette faiblesse. Mais je rends compte d'une chaîne de faits, – et je ne veux pas négliger un seul anneau. Le jour qui suivit l'incendie, je visitai les ruines. Les murailles[1] étaient tombées, une seule exceptée; et cette seule exception se trouva être une cloison intérieure, peu épaisse, située à peu près au milieu de la maison, et contre laquelle s'appuyait le chevet de mon lit. La maçonnerie avait ici, en grande partie, résisté à l'action du feu, – fait que j'attribuai à ce qu'elle avait été récemment remise à neuf. Autour de ce mur, une foule épaisse était rassemblée, et plusieurs personnes paraissaient en examiner une portion particulière avec une minutieuse et vive attention. Les mots: Étrange! singulier[2]! et autres expressions analogues, excitèrent ma curiosité. Je m'approchai, et je vis, semblable à un bas-relief[3] sculpté sur la surface blanche, la figure d'un gigantesque *chat*. L'image était rendue avec une exactitude vraiment merveilleuse. Il y avait une corde autour du cou de l'animal.

1. **Murailles**: murs.
2. **Singulier**: extraordinaire (du latin *singularis* «seul, unique»).
3. **Bas-relief**: sculpture en relief par rapport au bloc qui lui sert de support.

● **À l'époque, certains lits avaient des rideaux contre le jour et le froid.**

Tout d'abord, en voyant cette apparition, – car je ne pouvais guère considérer cela que comme une apparition, – mon étonnement et ma terreur furent extrêmes. Mais enfin, la réflexion vint à mon aide. Le chat, je m'en souvenais, avait été pendu dans un jardin adjacent à[1] la maison. Aux cris d'alarme, ce jardin avait été immédiatement envahi par la foule, et l'animal avait dû être détaché de l'arbre par quelqu'un, et jeté dans ma chambre à travers une fenêtre ouverte. Cela avait été fait, sans doute, dans le but de m'arracher au sommeil. La chute des autres murailles avait comprimé la victime de ma cruauté dans la substance du plâtre fraîchement étendu ; la chaux[2] de ce mur, combinée avec les flammes et l'ammoniaque[3] du cadavre, avait ainsi opéré[4] l'image telle que je la voyais.

Quoique je satisfisse ainsi lestement ma raison, sinon tout à fait ma conscience, relativement au fait surprenant que je viens de raconter, il n'en fit pas moins sur mon imagination une impression profonde. Pendant plusieurs mois je ne pus me débarrasser du fantôme du chat ; et durant cette période un demi-sentiment revint dans mon âme, qui paraissait être, mais qui n'était pas le remords. J'allai jusqu'à déplorer[5] la perte de l'animal, et à chercher autour de moi, dans les bouges[6] méprisables que maintenant je fréquentais habituellement, un autre favori de la même espèce et d'une figure à peu près semblable pour le suppléer[7].

Une nuit, comme j'étais assis à moitié stupéfié[8], dans un repaire plus qu'infâme, mon attention fut soudainement attirée

1. **Adjacent à** : à côté de.
2. **Le plâtre et la chaux** : enduits muraux.
3. **Ammoniaque** : substance chimique issue de la décomposition d'une matière organique azotée, un cadavre par exemple.
4. **Opéré** : réalisé.
5. **Déplorer** : pleurer.
6. **Bouges** : cafés mal famés (voir « repaires », note 1 p. 15).
7. **Suppléer** : remplacer.
8. **Stupéfié** : terrassé par l'alcool.

vers un objet noir, reposant sur le haut d'un des immenses tonneaux de gin ou de rhum qui composaient le principal ameublement de la salle. Depuis quelques minutes, je regardais fixement le haut de ce tonneau, et ce qui me surprenait maintenant, c'était de n'avoir pas encore aperçu l'objet situé dessus. Je m'en approchai, et je le touchai avec ma main. C'était un chat noir, – un très-gros chat, – au moins aussi gros que Pluton, lui ressemblant absolument, excepté en un point. Pluton n'avait pas un poil blanc sur tout le corps ; celui-ci portait une éclaboussure large et blanche, mais d'une forme indécise, qui couvrait presque toute la région de la poitrine.

À peine l'eus-je touché, qu'il se leva subitement, ronronna fortement, se frotta contre ma main, et parut enchanté de mon attention. C'était donc là la vraie créature dont j'étais en quête. J'offris tout de suite au propriétaire de le lui acheter ; mais cet homme ne le revendiqua pas – ne le connaissait pas, – ne l'avait jamais vu auparavant.

Je continuai mes caresses, et, quand je me préparai à retourner chez moi, l'animal se montra disposé à m'accompagner. Je lui permis de le faire ; me baissant de temps à autre, et le caressant en marchant. Quand il fut arrivé à la maison, il s'y trouva comme chez lui, et devint tout de suite le grand ami de ma femme.

Pour ma part, je sentis bientôt s'élever en moi une antipathie contre lui. C'était justement le contraire de ce que j'avais espéré ; mais – je ne sais ni comment ni pourquoi cela eut lieu – son évidente tendresse pour moi me dégoûtait presque et me fatiguait. Par de lents degrés, ces sentiments de dégoût et d'ennui s'élevèrent jusqu'à l'amertume[1] de la haine. J'évitais

1. **L'amertume** : la sensation désagréable.

la créature ; une certaine sensation de honte et le souvenir de mon premier acte de cruauté m'empêchèrent de la maltraiter. Pendant quelques semaines, je m'abstins de battre le chat ou de le malmener violemment, mais graduellement, – insensiblement, – j'en vins à le considérer avec une indicible horreur, et à fuir silencieusement son odieuse présence, comme le souffle d'une peste.

Ce qui ajouta sans doute à ma haine contre l'animal, fut la découverte que je fis le matin, après l'avoir amené à la maison, que, comme Pluton, lui aussi avait été privé d'un de ses yeux. Cette circonstance, toutefois, ne fit que le rendre plus cher à ma femme, qui, comme je l'ai déjà dit, possédait à un haut degré cette tendresse de sentiment qui jadis avait été mon trait caractéristique et la source fréquente de mes plaisirs les plus simples et les plus purs.

Néanmoins, l'affection du chat pour moi paraissait s'accroître en raison de mon aversion contre lui[1]. Il suivait mes pas avec une opiniâtreté[2] qu'il serait difficile de faire comprendre au lecteur. Chaque fois que je m'asseyais, il se blottissait sous ma chaise, ou il sautait sur mes genoux, me couvrant de ses affreuses caresses. Si je me levais pour marcher, il se fourrait dans mes jambes, et me jetait presque par terre, ou bien, enfonçant ses griffes longues et aiguës dans mes habits, grimpait de cette manière jusqu'à ma poitrine. Dans ces moments-là, quoique je désirasse le tuer d'un bon coup, j'en étais empêché, en partie par le souvenir de mon premier crime, mais principalement – je dois le confesser tout de suite – par une véritable *terreur* de la bête.

1. **Mon aversion contre lui** : ma répugnance pour lui.
2. **Opiniâtreté** : ténacité.

Cette terreur n'était pas positivement la terreur d'un mal physique, – et cependant je serais fort en peine de la définir autrement. Je suis presque honteux d'avouer, – oui, même dans cette cellule de malfaiteur, je suis presque honteux d'avouer que la terreur et l'horreur que m'inspirait l'animal avaient été accrues par une des plus parfaites chimères[1] qu'il fût possible de concevoir. Ma femme avait appelé mon attention plus d'une fois sur le caractère de la tache blanche dont j'ai parlé, et qui constituait l'unique différence visible entre l'étrange bête et celle que j'avais tuée. Le lecteur se rappellera sans doute que cette marque, quoique grande, était primitivement indéfinie dans sa forme ; mais, lentement, par degrés, – par des degrés imperceptibles, et que ma raison s'efforça longtemps de considérer comme imaginaires, – elle avait à la longue pris une rigoureuse netteté de contours. Elle était maintenant l'image d'un objet que je frémis de nommer, – et c'était là surtout ce qui me faisait prendre le monstre en horreur et en dégoût, et m'aurait poussé à m'en délivrer, *si je l'avais osé* ; – *c'était* maintenant, dis-je, l'image d'une hideuse, – d'une sinistre chose, – l'image du GIBET[2] ! – oh ! lugubre et terrible machine ! machine d'Horreur et de Crime, – d'Agonie et de Mort● !

Et, maintenant, j'étais en vérité misérable au-delà de la misère possible de l'Humanité. Une bête brute, – dont j'avais avec mépris détruit le frère, – *une bête brute* engendrée pour moi[3],

1. **Chimères** : représentations mentales délirantes.
2. **Gibet** : construction en bois en forme d'équerre conçue pour les pendaisons.
3. **Engendrée pour moi** : créée exprès pour me punir (d'avoir tué son double Pluton).

● **Série de quatre personnifications. La majuscule initiale concrétise ces abstractions qui sont comme des complices du gibet.**

– pour moi, homme façonné à l'image du Dieu Très-Haut●, – une si grande et si intolérable infortune[1] ! Hélas ! je ne connaissais plus la béatitude du repos[2], ni le jour ni la nuit ! Durant le jour, la créature ne me laissait pas seul un moment ; et, pendant la nuit, à chaque instant, quand je sortais de mes rêves pleins d'une intraduisible angoisse, c'était pour sentir la tiède haleine de la *chose* sur mon visage, et son immense poids, – incarnation d'un cauchemar que j'étais impuissant à secouer, – éternellement posé sur mon *cœur* ● !

Sous la pression de pareils tourments, le peu de bon qui restait en moi succomba. De mauvaises pensées devinrent mes seules intimes, – les plus sombres et les plus mauvaises de toutes les pensées. La tristesse de mon humeur habituelle s'accrut jusqu'à la haine de toutes choses et de toute humanité ; cependant, ma femme, qui ne se plaignait jamais, hélas ! était mon souffre-douleur ordinaire, la plus patiente victime des soudaines, fréquentes et indomptables éruptions d'une furie à laquelle je m'abandonnai dès lors aveuglément.

Un jour, elle m'accompagna pour quelque besogne domestique[3] dans la cave du vieux bâtiment où notre pauvreté nous contraignait d'habiter. Le chat me suivit sur les marches roides[4] de l'escalier, et, m'ayant presque culbuté la tête la première, m'exaspéra jusqu'à la folie. Levant une hache, et oubliant dans ma rage la peur puérile[5] qui jusque-là avait retenu ma main, j'adressai à l'animal un coup qui eût été mortel, s'il avait porté

1. **Infortune** : malheur.
2. **Béatitude du repos** : sérénité qu'apporte le repos.
3. **Quelque besogne domestique** : une banale activité ménagère.
4. **Roides** : raides.
5. **Puérile** : enfantine.

● **Allusion à la création d'Adam. Le narrateur, très croyant, a la passion de la théologie et des références religieuses.**

● **Voir le tableau de Füssli p. 81.**

comme je voulais ; mais ce coup fut arrêté par la main de ma femme. Cette intervention m'aiguillonna[1] jusqu'à une rage plus que démoniaque ; je débarrassai mon bras de son étreinte et lui enfonçai ma hache dans le crâne. Elle tomba morte sur la place, sans pousser un gémissement.

Cet horrible meurtre accompli, je me mis immédiatement et très-délibérément en mesure de cacher le corps. Je compris que je ne pouvais pas le faire disparaître de la maison, soit de jour, soit de nuit, sans courir le danger d'être observé par les voisins. Plusieurs projets traversèrent mon esprit. Un moment j'eus l'idée de couper le cadavre par petits morceaux, et de les détruire par le feu. Puis je résolus de creuser une fosse dans le sol de la cave. Puis je pensai à le jeter dans le puits de la cour, – puis à l'emballer dans une caisse comme marchandise, avec les formes usitées[2], et à charger un commissionnaire[3] de le porter hors de la maison. Finalement, je m'arrêtai à un expédient[4] que je considérai comme le meilleur de tous. Je me déterminai à le murer dans la cave, – comme les moines du Moyen Âge muraient, dit-on, leurs victimes.

La cave était fort bien disposée pour un pareil dessein. Les murs étaient construits négligemment[5], et avaient été récemment enduits dans toute leur étendue d'un gros plâtre[6] que l'humidité de l'atmosphère avait empêché de durcir. De plus, dans l'un des murs, il y avait une saillie[7] causée par une fausse

1. **M'aiguillonna** : m'énerva.
2. **Avec les formes usitées** : en lui donnant une apparence courante.
3. **Commissionnaire** : coursier.
4. **Expédient** : moyen.
5. **Négligemment** : sans soin.
6. **Gros plâtre** : plâtre de mauvaise qualité.
7. **Saillie** : partie qui dépasse.

cheminée, ou espèce d'âtre[1], qui avait été comblée et maçonnée dans le même genre que le reste de la cave. Je ne doutais pas qu'il ne me fût facile de déplacer les briques à cet endroit, d'y introduire le corps, et de murer le tout de la même manière, de sorte qu'aucun œil n'y pût rien découvrir de suspect.

Et je ne fus pas déçu dans mon calcul. À l'aide d'une pince, je délogeai très-aisément les briques, et, ayant soigneusement appliqué le corps contre le mur intérieur, je le soutins dans cette position jusqu'à ce que j'eusse rétabli, sans trop de peine, toute la maçonnerie dans son état primitif. M'étant procuré du mortier, du sable et du poil[2] avec toutes les précautions imaginables, je préparai un crépi[3] qui ne pouvait pas être distingué de l'ancien, et j'en recouvris très-soigneusement le nouveau briquetage[4]. Quand j'eus fini, je vis avec satisfaction que tout était pour le mieux. Le mur ne présentait pas la plus légère trace de dérangement. J'enlevai tous les gravats avec le plus grand soin, j'épluchai pour ainsi dire le sol. Je regardai triomphalement autour de moi, et me dis à moi-même : Ici, au moins, ma peine n'aura pas été perdue !

Mon premier mouvement fut de chercher la bête qui avait été la cause d'un si grand malheur ; car à la fin, j'avais résolu fermement de la mettre à mort. Si j'avais pu la rencontrer dans ce moment, sa destinée était claire ; mais il paraît que l'artificieux[5] animal avait été alarmé par la violence de ma récente colère, et qu'il prenait soin de ne pas se montrer dans l'état actuel de

1. **Âtre** : partie de la cheminée où se faisait le feu.
2. **Du mortier, du sable et du poil** : des matériaux usuels de maçonnerie. Le poil (la laine) servait à boucher des trous ou caler.
3. **Crépi** : enduit.
4. **Le nouveau briquetage** : le nouveau mur de briques.
5. **Artificieux** : astucieux.

mon humeur. Il est impossible de décrire ou d'imaginer la profonde, la béate[1] sensation de soulagement que l'absence de la détestable créature détermina dans mon cœur. Elle ne se présenta pas de toute la nuit, – et ainsi ce fut la première bonne nuit, – depuis son introduction dans la maison, – que je dormis solidement et tranquillement ; oui, je *dormis* avec le poids de ce meurtre sur l'âme !

Le second et le troisième jour s'écoulèrent, et cependant mon bourreau ne vint pas. Une fois encore je respirai comme un homme libre. Le monstre, dans sa terreur, avait vidé les lieux pour toujours ! Je ne le verrais donc plus jamais ! Mon bonheur était suprême ! La criminalité de ma ténébreuse action ne m'inquiétait que fort peu. On avait bien fait une espèce d'enquête, mais elle s'était satisfaite à bon marché. Une perquisition[2] avait même été ordonnée, – mais naturellement on ne pouvait rien découvrir. Je regardais ma félicité à venir comme assurée.

Le quatrième jour depuis l'assassinat, une troupe d'agents de police vint très-inopinément[3] à la maison, et procéda de nouveau à une rigoureuse investigation des lieux. Confiant, néanmoins, dans l'impénétrabilité de la cachette, je n'éprouvai aucun embarras. Les officiers me firent les accompagner dans leur recherche. Ils ne laissèrent pas un coin, pas un angle inexploré. À la fin, pour la troisième ou quatrième fois, ils descendirent dans la cave. Pas un muscle en moi ne tressaillit. Mon cœur battait paisiblement, comme celui d'un homme qui dort dans l'innocence. J'arpentais la cave d'un bout à l'autre ; je croisais mes bras sur ma poitrine,

1. **Béate** : heureuse.
2. **Perquisition** : recherche matérielle d'indices opérée par la police au domicile d'une personne soupçonnée, dans le cadre d'une enquête officielle.
3. **Très-inopinément** : sans du tout prévenir.

et me promenais çà et là avec aisance. La police était pleinement satisfaite et se préparait à décamper. La jubilation[1] de mon cœur était trop forte pour être réprimée[2]. Je brûlais de dire au moins un mot, rien qu'un mot, en manière de triomphe, et de rendre deux fois plus convaincue leur conviction de mon innocence.

– Gentlemen, – dis-je à la fin, – comme leur troupe remontait l'escalier, – je suis enchanté d'avoir apaisé vos soupçons. Je vous souhaite à tous une bonne santé et un peu plus de courtoisie[3]. Soit dit en passant, gentlemen, voilà – voilà une maison singulièrement[4] bien bâtie (dans mon désir enragé de dire quelque chose d'un air délibéré, je savais à peine ce que je débitais), – je puis dire que c'est une maison *admirablement* bien construite. Ces murs, – est-ce que vous partez, gentlemen ? – ces murs sont solidement maçonnés.

Et ici, par une bravade frénétique[5], je frappai fortement avec une canne que j'avais à la main juste sur la partie du briquetage derrière laquelle se tenait le cadavre de l'épouse de mon cœur.

Ah ! qu'au moins Dieu me protège et me délivre des griffes de l'Archidémon[6] ! – À peine l'écho de mes coups était-il tombé dans le silence, qu'une voix me répondit du fond de la tombe ! – une plainte, d'abord voilée et entrecoupée, comme le sanglotement d'un enfant, puis, bientôt, s'enflant en un cri prolongé, sonore et continu, tout à fait anormal et antihumain, – un hurlement, – un glapissement[7], moitié horreur et moitié triomphe, – comme il en peut monter seulement de l'Enfer, – affreuse

1. **Jubilation** : joie.
2. **Réprimée** : retenue.
3. **Courtoisie** : politesse.
4. **Singulièrement** : particulièrement.
5. **Bravade frénétique** : désir orgueilleux et fou de défi.
6. **Archidémon** : Satan, prince des démons.
7. **Glapissement** : cri aigu.

harmonie jaillissant à la fois de la gorge des damnés dans leurs tortures, et des démons exultant dans la damnation[1].

Vous dire mes pensées, ce serait folie. Je me sentis défaillir, et je chancelai contre le mur opposé. Pendant un moment, les officiers placés sur les marches restèrent immobiles, stupéfiés[2] par la terreur. Un instant après, une douzaine de bras robustes s'acharnaient sur le mur. Il tomba tout d'une pièce. Le corps, déjà grandement délabré et souillé de sang grumelé[3], se tenait droit devant les yeux des spectateurs. Sur sa tête, avec la gueule rouge dilatée[4] et l'œil unique flamboyant, était perchée la hideuse bête dont l'astuce m'avait induit à l'assassinat, et dont la voix révélatrice m'avait livré au bourreau. J'avais muré le monstre dans la tombe !

1. **Exultant dans la damnation** : se réjouissant de torturer.
2. **Stupéfiés** : paralysés.
3. **Grumelé** : coagulé.
4. **Dilatée** : grand'ouverte.

La Lettre volée

Nil sapientiæ odiosius acumine nimio.
Sénèque.

J'étais à Paris en 18... Après une sombre et orageuse soirée d'automne, je jouissais de la double volupté[1] de la méditation et d'une pipe d'écume de mer[2], en compagnie de mon ami Dupin, dans sa petite bibliothèque ou cabinet d'étude[3], rue Dunot, n° 33, au troisième, faubourg Saint-Germain. Pendant une bonne heure, nous avions gardé le silence ; chacun de nous, pour le premier observateur venu, aurait paru profondément et exclusivement occupé des tourbillons frisés de fumée qui chargeaient l'atmosphère de la chambre. Pour mon compte, je discutais en moi-même certains points, qui avaient été dans la première partie de la soirée l'objet de notre conversation ; je veux parler de l'affaire de la rue Morgue, et du mystère relatif à l'assassinat de Marie Roget●. Je rêvais donc à l'espèce d'analogie[4] qui reliait ces deux affaires, quand la porte de notre appartement s'ouvrit et donna passage à notre vieille connaissance, à M. G..., le préfet de police de Paris●.

1. **Volupté** : délectation.
2. **Pipe d'écume de mer** : pipe de luxe à fourneau blanc.
3. **Cabinet d'étude** : bureau. Un cabinet est une petite pièce de travail destinée plutôt aux messieurs (voir « boudoir », note 2 p. 32).
4. **Analogie** : ressemblance.

● **Le narrateur – jeune américain anonyme – a déjà relaté dans la presse deux enquêtes menées avec brio par son ami Dupin, l'une sur un double crime commis de façon atroce dans un lieu clos (*Double assassinat dans la rue Morgue*, 1841), l'autre sur le meurtre crapuleux d'une jolie jeune femme aux abords de la Seine (*Le Mystère de Marie Roget*, 1842). Ces deux affaires (ainsi que celle qui va suivre !) ont en commun de proposer au départ une énigme apparemment inexplicable.**

● **De 1836 à 1848, c'est Gabriel Delessert (1786-1858) qui avait été mis à la tête de la police parisienne.**

Nous lui souhaitâmes cordialement la bienvenue ; car l'homme avait son côté charmant comme son côté méprisable, et nous ne l'avions pas vu depuis quelques années... Comme nous étions assis dans les ténèbres[1], Dupin se leva pour allumer une lampe ; mais il se rassit et n'en fit rien, en entendant G... dire qu'il était venu pour nous consulter, ou plutôt pour demander l'opinion de mon ami relativement à une affaire qui lui avait causé une masse d'embarras.

– Si c'est un cas qui demande de la réflexion, observa Dupin, s'abstenant d'allumer la mèche[2], nous l'examinerons plus convenablement dans les ténèbres.

– Voilà encore une de vos idées bizarres, dit le préfet, qui avait la manie d'appeler bizarres toutes les choses situées au-delà de sa compréhension, et qui vivait ainsi au milieu d'une immense légion de bizarreries.

– C'est, ma foi, vrai ! dit Dupin en présentant une pipe à notre visiteur, et roulant vers lui un excellent fauteuil.

– Et maintenant, quel est le cas embarrassant ? demandai-je ; j'espère bien que ce n'est pas encore dans le genre assassinat.

– Oh ! non. Rien de pareil. Le fait est que l'affaire est vraiment très-simple, et je ne doute pas que nous ne puissions nous en tirer fort bien nous-mêmes ; mais j'ai pensé que Dupin ne serait pas fâché d'apprendre les détails de cette affaire, parce qu'elle est excessivement *bizarre.*

– Simple et bizarre, dit Dupin.

– Mais oui ; et cette expression n'est pourtant pas exacte ; l'un ou l'autre, si vous aimez mieux. Le fait est que nous avons

1. **Dans les ténèbres** : dans le noir.
2. **Mèche** : bande de coton imbibée de combustible dans une lampe à huile.

été tous là-bas[1] fortement embarrassés par cette affaire ; car, toute simple qu'elle est, elle nous déroute complètement.

– Peut-être est-ce la simplicité même de la chose qui vous induit en erreur[2], dit mon ami.

– Quel non-sens nous dites-vous là ! répliqua le préfet, en riant de bon cœur.

– Peut-être le mystère est-il un peu *trop* clair, dit Dupin.

– Oh ! bonté du ciel ! qui a jamais ouï parler d'une idée pareille.

– Un peu *trop* évident.

– Ha ! ha ! – ha ! ha ! – oh ! oh ! criait notre hôte, qui se divertissait profondément. Oh ! Dupin, vous me ferez mourir de joie[3], voyez-vous.

– Et enfin, demandai-je, quelle est la chose en question ?

– Mais, je vous la dirai, répliqua le préfet, en lâchant une longue, solide et contemplative[4] bouffée de fumée, et s'établissant[5] dans son fauteuil. Je vous la dirai en peu de mots. Mais, avant de commencer, laissez-moi vous avertir que c'est une affaire qui demande le plus grand secret, et que je perdrais très-probablement le poste que j'occupe, si l'on savait que je l'ai confiée à qui que ce soit.

– Commencez, dis-je.

– Ou ne commencez pas, dit Dupin.

– C'est bien ; je commence. J'ai été informé personnellement, et en très-haut lieu, qu'un certain document de la plus grande importance avait été soustrait dans les appartements

1. **Là-bas** : à la préfecture de police.
2. **Induit en erreur** : met en échec.
3. **Mourir de joie** : mourir de rire.
4. **Contemplative** : méditative.
5. **S'établissant** : s'installant.

royaux●. On sait quel est l'individu qui l'a volé ; cela est hors de doute ; on l'a vu s'en emparer. On sait aussi que ce document est toujours en sa possession.

– Comment sait-on cela ? demanda Dupin.

– Cela est clairement déduit de la nature du document et de la non-apparition de certains résultats qui surgiraient immédiatement s'il sortait des mains du voleur ; en d'autres termes, s'il était employé en vue du but que celui-ci doit évidemment se proposer.

– Veuillez être un peu plus clair, dis-je.

– Eh bien, j'irai jusqu'à vous dire que ce papier confère à son détenteur un certain pouvoir[1] dans un certain lieu où ce pouvoir est d'une valeur inappréciable. – Le préfet raffolait du *cant* diplomatique[2].

– Je continue à ne rien comprendre, dit Dupin.

– Rien, vraiment ? Allons ! Ce document, révélé à un troisième personnage, dont je tairai le nom, mettrait en question l'honneur d'une personne du plus haut rang ; et voilà ce qui donne au détenteur du document un ascendant[3] sur l'illustre personne dont l'honneur et la sécurité sont ainsi mis en péril.

– Mais cet ascendant, interrompis-je, dépend de ceci : le voleur sait-il que la personne volée connaît son voleur ? Qui oserait... ?

– Le voleur, dit G..., c'est D..., qui ose tout ce qui est indigne d'un homme, aussi bien que ce qui est digne de lui. Le procédé du vol a été aussi ingénieux que hardi. Le document en question, une

1. **Confère à son détenteur un certain pouvoir** : donne à son possesseur un certain pouvoir.
2. ***Cant* diplomatique** : façon de parler prudente où l'on ne dit pas tout (*cant* : abréviation de *It can't be said* «Cela ne peut être dit»).
3. **Un ascendant** : un certain pouvoir.

● **En 1844, quand parut *La Lettre volée*, la France est encore dirigée par un roi ; les «appartements royaux» sont alors occupés par le roi Louis-Philippe et son épouse, la reine Marie-Amélie de Bourbon.**

lettre, pour être franc, a été reçu par la personne volée[1] pendant qu'elle était seule dans le boudoir[2] royal. Pendant qu'elle le lisait, elle fut soudainement interrompue par l'entrée de l'autre illustre personnage[3] à qui elle désirait particulièrement le cacher. Après avoir essayé en vain de le jeter rapidement dans un tiroir, elle fut obligée de le déposer tout ouvert sur une table. La lettre, toutefois, était retournée, la suscription en dessus[4]●, et, le contenu étant ainsi caché, elle n'attira pas l'attention. Sur ces entrefaites[5] arriva le ministre D... Son œil de lynx[6] perçoit immédiatement le papier, reconnaît l'écriture de la suscription, remarque l'embarras de la personne à qui elle était adressée, et pénètre son secret●.

Après avoir traité quelques affaires, expédiées tambour battant[7], à sa manière habituelle, il tire de sa poche une lettre à peu près semblable à la lettre en question, l'ouvre, fait semblant de la lire, et la place juste à côté de l'autre. Il se remet à causer, pendant un quart d'heure environ, des affaires publiques. À la longue, il prend congé, et met la main sur la lettre à laquelle il n'a aucun droit. La personne volée le vit, mais, naturellement, n'osa pas attirer l'attention sur ce fait, en présence du troisième personnage qui était à son côté. Le ministre décampa, laissant sur la table sa propre lettre, une lettre sans importance.

1. **La personne volée** : on devine qu'il s'agit de la reine.
2. **Boudoir** : petit salon élégant de dame.
3. **L'autre illustre personnage** : on devine qu'il s'agit du roi.
4. **La suscription en dessus** : du côté de l'adresse.
5. **Sur ces entrefaites** : à ce moment-là.
6. **Son œil de lynx** : sa vue perçante. Cette acuité visuelle caractérise aussi le détective-poète Dupin.
7. **Tambour battant** : au plus vite.

● **Une lettre était alors une grande feuille de papier pliée en quatre et maintenue fermée par un cachet ; l'adresse était écrite sur le pli extérieur.**

● **En sentant le malaise que la lettre a suscité chez la reine et en reconnaissant l'écriture de son auteur, le ministre a tout de suite compris qu'il s'agissait d'une lettre d'amour entre la reine infidèle et son amant.**

– Ainsi, dit Dupin en se tournant à moitié vers moi, voilà précisément le cas demandé pour rendre l'ascendant complet : le voleur sait que la personne volée connaît son voleur.

– Oui, répliqua le préfet, et, depuis quelques mois, il a été largement usé, dans un but politique, de l'empire conquis par ce stratagème[1], et jusqu'à un point fort dangereux. La personne volée est de jour en jour plus convaincue de la nécessité de retirer[2] sa lettre. Mais, naturellement, cela ne peut pas se faire ouvertement[3]. Enfin, poussée au désespoir, elle m'a chargé de la commission[4].

– Il n'était pas possible, je suppose, dit Dupin dans une auréole de fumée, de choisir ou même d'imaginer un agent plus sagace[5].

– Vous me flattez, répliqua le préfet ; mais il est bien possible qu'on ait conçu de moi quelque opinion de ce genre.

– Il est clair, dis-je, comme vous l'avez remarqué, que la lettre est toujours entre les mains du ministre ; puisque c'est le fait de la possession et non l'usage de la lettre qui crée l'ascendant. Avec l'usage, l'ascendant s'évanouit●.

– C'est vrai, dit G..., et c'est d'après cette conviction que j'ai marché. Mon premier soin a été de faire une recherche minutieuse à l'hôtel[6] du ministre ; et, là, mon principal embarras fut

1. **De l'empire conquis par ce stratagème** : de la forte influence (sur la reine) résultant de ce vol astucieux.
2. **Retirer** : récupérer.
3. **Ouvertement** : officiellement.
4. **Commission** : mission.
5. **Sagace** : voir note 2 p. 13.
6. **Hôtel** : la maison (de l'ancien français *ostel* « demeure, logis »).

● **Le ministre peut obtenir ce qu'il veut de la reine tant qu'il détient la lettre : en effet, si celle-ci refuse de lui obéir, il peut la menacer de rendre publique son infidélité. Alors que s'il l'utilisait (par exemple, la donnait au roi), il perdrait l'exclusivité du secret et donc le moyen de faire chanter la reine. Le ministre a donc tout intérêt à garder la lettre juste pour lui.**

de chercher à son insu[1]. Par-dessus tout, j'étais en garde contre le danger qu'il y aurait eu à lui donner un motif de soupçonner notre dessein[2].

– Mais, dis-je, vous êtes tout à fait à votre affaire, dans ces espèces d'investigations[3]. La police parisienne a pratiqué la chose plus d'une fois.

– Oh ! sans doute ; – et c'est pourquoi j'avais bonne espérance. Les habitudes du ministre me donnaient d'ailleurs un grand avantage. Il est souvent absent de chez lui toute la nuit. Ses domestiques ne sont pas nombreux. Ils couchent à une certaine distance de l'appartement de leur maître, et, comme ils sont napolitains avant tout, ils mettent de la bonne volonté à se laisser enivrer. J'ai, comme vous savez, des clefs[4] avec lesquelles je puis ouvrir toutes les chambres et tous les cabinets de Paris. Pendant trois mois, il ne s'est pas passé une nuit, dont je n'aie employé la plus grande partie à fouiller, en personne, l'hôtel D... Mon honneur y est intéressé, et, pour vous confier un grand secret, la récompense est énorme. Aussi je n'ai abandonné les recherches que lorsque j'ai été pleinement convaincu que le voleur était encore plus fin que moi. Je crois que j'ai scruté tous les coins et recoins de la maison dans lesquels il était possible de cacher un papier.

– Mais ne serait-il pas possible, insinuai-je, que, bien que la lettre fût au pouvoir du ministre, – elle y est indubitablement, – il l'eût cachée ailleurs que dans sa propre maison ?

1. **À son insu** : sans qu'il s'en aperçoive.
2. **Dessein** : but. Le naïf préfet croit que le maître chanteur D... peut ne pas se rendre compte que la police cherche la lettre !
3. **Investigations** : recherches approfondies.
4. **Des clefs** : des passe-partout.

– Cela n'est guère possible, dit Dupin. La situation particulière, actuelle, des affaires de la cour, spécialement la nature de l'intrigue dans laquelle D... a pénétré[1], comme on sait, font de l'efficacité immédiate du document, – de la possibilité de le produire[2] à la minute, – un point d'une importance presque égale à sa possession.

– La possibilité de le produire ? dis-je.

– Ou, si vous aimez mieux, de l'annihiler[3], dit Dupin.

– C'est vrai, remarquai-je. Le papier est donc évidemment dans l'hôtel. Quant au cas où il serait sur la personne même du ministre, nous le considérons comme tout à fait hors de la question.

– Absolument, dit le préfet. Je l'ai fait arrêter deux fois par de faux voleurs, et sa personne a été scrupuleusement fouillée sous mes propres yeux.

– Vous auriez pu vous épargner cette peine, dit Dupin. – D... n'est pas absolument fou, je présume, et dès lors il a dû prévoir ces guet-apens comme choses naturelles.

– Pas *absolument* fou, c'est vrai, dit G..., – toutefois, c'est un poète, ce qui, je crois, n'en est pas fort éloigné.

– C'est vrai, dit Dupin, après avoir longuement et pensivement poussé la fumée de sa pipe d'écume, bien que je me sois rendu moi-même coupable de certaine rapsodie[4].

1. **La nature de l'intrigue dans laquelle D... a pénétré** : le genre de secret que D... a découvert. Il s'agit d'une affaire de cœur.
2. **Produire** : rendre public.
3. **De l'annihiler** : de le détruire.
4. **Bien que je me sois rendu moi-même coupable de certaine rapsodie** : bien que je sois moi-même l'auteur de vers de mirliton, c'est-à-dire d'un poème de piètre qualité, imparfait. Dupin – comme Poe – est à la fois un logicien impeccable et un poète, c'est-à-dire un être doué d'imagination.

– Voyons, dis-je, racontez-nous les détails précis de votre recherche.

– Le fait est que nous avons pris notre temps, et que nous avons cherché *partout*. J'ai une vieille expérience de ces sortes d'affaires. Nous avons entrepris[1] la maison de chambre en chambre ; nous avons consacré à chacune les nuits de toute une semaine. Nous avons d'abord examiné les meubles de chaque appartement[2]. Nous avons ouvert tous les tiroirs possibles ; et je présume que vous n'ignorez pas que, pour un agent de police bien dressé, un tiroir *secret* est une chose qui n'existe pas. Tout homme qui, dans une perquisition[3] de cette nature, permet à un tiroir secret de lui échapper est une brute. La besogne[4] est si facile ! Il y a dans chaque pièce une certaine quantité de volumes et de surfaces dont on peut se rendre compte. Nous avons pour cela des règles exactes. La cinquantième partie d'une ligne[5] ne peut pas nous échapper.

Après les chambres, nous avons pris les sièges. Les coussins ont été sondés[6] avec ces longues et fines aiguilles que vous m'avez vu employer. Nous avons enlevé les dessus des tables.

– Et pourquoi ?

– Quelquefois le dessus d'une table ou de toute autre pièce d'ameublement analogue est enlevé par une personne qui désire cacher quelque chose ; elle creuse le pied de la table ;

1. **Entrepris** : examiné.
2. **Appartement** : pièce.
3. **Perquisition** : voir note 2 p. 25.
4. **Besogne** : tâche.
5. **La cinquantième partie d'une ligne** : la plus petite surface.
6. **Sondés** : explorés.

l'objet est déposé dans la cavité[1], et le dessus replacé. On se sert de la même manière des montants d'un lit[2].

– Mais ne pourrait-on pas deviner la cavité par l'auscultation[3] ? demandai-je.

– Pas le moins du monde, si, en déposant l'objet, on a eu soin de l'entourer d'une bourre[4] de coton suffisante. D'ailleurs, dans notre cas, nous étions obligés de procéder sans bruit.

– Mais vous n'avez pas pu défaire, – vous n'avez pas pu démonter toutes les pièces d'ameublement dans lesquelles on aurait pu cacher un dépôt de la façon dont vous parlez. Une lettre peut être roulée en une spirale très mince, ressemblant beaucoup par sa forme et son volume à une grosse aiguille à tricoter, et être ainsi insérée dans un bâton de chaise, par exemple. Avez-vous démonté toutes les chaises ?

– Non, certainement, mais nous avons fait mieux, nous avons examiné les bâtons de toutes les chaises de l'hôtel, et même les jointures de toutes les pièces de l'ameublement, à l'aide d'un puissant microscope[5]. S'il y avait eu la moindre trace d'un désordre récent, nous l'aurions infailliblement découvert à l'instant. Un seul grain de poussière causée par la vrille[6], par exemple, nous aurait sauté aux yeux comme une pomme. La moindre altération[7] dans la colle, – un simple bâillement[8] dans les jointures aurait suffi pour nous révéler la cachette.

1. **Cavité** : espace vide.
2. **Montants d'un lit** : parties verticales d'un lit.
3. **Par l'auscultation** : en tapant et en écoutant (du latin *auscultatio* « action d'écouter, examen »).
4. **Une bourre** : un morceau.
5. **À l'aide d'un puissant microscope** : à l'aide d'une loupe puissante.
6. **De poussière causée par la vrille** : de sciure résultant de l'emploi d'un outil à percer le bois.
7. **Altération** : modification.
8. **Bâillement** : écartement.

– Je présume que vous avez examiné les glaces entre la glace et le planchéiage[1], et que vous avez fouillé les lits et les courtines des lits[2], aussi bien que les rideaux et les tapis.

– Naturellement ; et quand nous eûmes absolument passé en revue tous les articles[3] de ce genre, nous avons examiné la maison elle-même. Nous avons divisé la totalité de sa surface en compartiments, que nous avons numérotés, pour être sûrs de n'en omettre aucun ; nous avons fait de chaque pouce carré[4] l'objet d'un nouvel examen au microscope, et nous y avons compris les deux maisons adjacentes[5].

– Les deux maisons adjacentes ! m'écriai-je ; vous avez dû vous donner bien du mal.

– Oui, ma foi ! mais la récompense offerte est énorme.

– Dans les maisons, comprenez-vous le sol[6] ?

– Le sol est partout pavé en briques[7]. Comparativement, cela ne nous a pas donné grand mal. Nous avons examiné la mousse entre les briques, elle était intacte.

– Vous avez sans doute visité les papiers de D..., et les livres de la bibliothèque ?

– Certainement, nous avons ouvert chaque paquet et chaque article ; nous n'avons pas seulement ouvert les livres, mais nous les avons parcourus feuillet par feuillet, ne nous contentant pas de les secouer simplement comme font plusieurs de nos officiers de police. Nous avons aussi mesuré l'épaisseur de chaque

1. **Planchéiage** : assemblage de planches sur lequel est fixé le miroir.
2. **Courtines des lits** : rideaux disposés autour des lits.
3. **Articles** : éléments.
4. **Pouce carré** : environ 6 cm^2. Le pouce est une ancienne mesure qui valait environ 2,5 cm.
5. **Adjacentes** : attenantes.
6. **Le sol** : le revêtement de sol.
7. **Briques** : carreaux de terre cuite.

reliure avec la plus exacte minutie, et nous avons appliqué à chacune la curiosité jalouse du microscope. Si l'on avait récemment inséré quelque chose dans une des reliures, il eût été absolument impossible que le fait échappât à notre observation. Cinq ou six volumes qui sortaient des mains du relieur ont été soigneusement sondés longitudinalement[1] avec les aiguilles.

– Vous avez exploré les parquets, sous les tapis ?

– Sans doute. Nous avons enlevé chaque tapis, et nous avons examiné les planches au microscope.

– Et les papiers des murs ?

– Aussi.

– Vous avez visité les caves ?

– Nous avons visité les caves.

– Ainsi, dis-je, vous avez fait fausse route, et la lettre n'est pas dans l'hôtel, comme vous le supposiez.

– Je crains que vous n'ayez raison, dit le préfet. – Et vous maintenant, Dupin, que me conseillez-vous de faire ?

– Faire une perquisition complète.

– C'est absolument inutile ! répliqua G... Aussi sûr que je vis, la lettre n'est pas dans l'hôtel !

– Je n'ai pas de meilleur conseil à vous donner, dit Dupin. Vous avez, sans doute, un signalement exact de la lettre ?

– Oh ! oui !

Et ici, le préfet, tirant un agenda, se mit à nous lire à haute voix une description minutieuse du document perdu, de son aspect intérieur, et spécialement de l'extérieur. Peu de temps après avoir fini la lecture de cette description, cet excellent homme prit congé de nous, plus accablé et l'esprit plus complètement découragé que je ne l'avais vu jusqu'alors.

1. **Longitudinalement** : dans le sens de la longueur.

Environ un mois après, il nous fit une seconde visite, et nous trouva occupés à peu près de la même façon. Il prit une pipe et un siège, et causa de choses et d'autres. À la longue, je lui dis :

– Eh bien, mais G..., et votre lettre volée ? Je présume qu'à la fin, vous vous êtes résigné à comprendre que ce n'est pas une petite besogne que d'enfoncer[1] le ministre ?

– Que le diable l'emporte ! – J'ai pourtant recommencé cette perquisition, comme Dupin me l'avait conseillé ; mais, comme je m'en doutais, ç'a été peine perdue.

– De combien est la récompense offerte ? vous nous avez dit... demanda Dupin.

– Mais... elle est très-forte... une récompense vraiment magnifique, – je ne veux pas vous dire au juste combien ; mais une chose que je vous dirai, c'est que je m'engagerais bien à payer de ma bourse cinquante mille francs à celui qui pourrait me trouver cette lettre. Le fait est que la chose devient de jour en jour plus urgente, et la récompense a été doublée récemment. Mais, en vérité, on la triplerait, que je ne pourrais faire mon devoir mieux que je l'ai fait.

– Mais... oui..., dit Dupin en traînant ses paroles au milieu des bouffées de sa pipe, je crois... réellement, G..., que vous n'avez pas fait... tout votre possible... vous n'êtes pas allé au fond de la question. Vous pourriez faire... un peu plus, je pense du moins, hein ?

– Comment ? dans quel sens ?

– Mais... (une bouffée de fumée) vous pourriez... (bouffée sur bouffée) – prendre conseil en cette matière, hein ? – (Trois bouffées de fumée.) – Vous rappelez-vous l'histoire qu'on raconte d'Abernethy[2] ?

1. **D'enfoncer** : de vaincre.
2. **Abernethy** : médecin très célèbre et très excentrique (note du traducteur Charles Baudelaire).

– Non ! au diable votre Abernethy !

– Assurément ! au diable, si cela vous amuse ! – Or donc, une fois, un certain riche, fort avare, conçut le dessein de soutirer à Abernethy une consultation médicale. Dans ce but, il entama avec lui, au milieu d'une société[1], une conversation ordinaire, à travers laquelle il insinua[2] au médecin son propre cas, comme celui[3] d'un individu imaginaire.

– Nous supposerons, dit l'avare, que les symptômes sont tels et tels ; maintenant, docteur, que lui conseilleriez-vous de prendre ?

– Que prendre ? dit Abernethy, mais prendre conseil à coup sûr.

– Mais, dit le préfet, un peu décontenancé, je suis tout disposé à prendre conseil, et à payer pour cela. Je donnerais *vraiment* cinquante mille francs à quiconque me tirerait d'affaire.

– Dans ce cas, répliqua Dupin, ouvrant un tiroir et en tirant un livre de mandats[4], vous pouvez aussi bien me faire un bon pour la somme susdite[5]. Quand vous l'aurez signé, je vous remettrai votre lettre.

Je fus stupéfié. Quant au préfet, il semblait absolument foudroyé. Pendant quelques minutes, il resta muet et immobile, regardant mon ami, la bouche béante, avec un air incrédule et des yeux qui semblaient lui sortir de la tête ; enfin, il parut revenir un peu à lui, il saisit une plume, et, après quelques hésitations, le regard ébahi et vide, il remplit et signa un bon de cinquante mille francs[6], et le tendit à Dupin par-dessus la

1. **Société** : réunion.
2. **Il insinua** : il présenta.
3. **Comme celui** : comme si c'était celui.
4. **Un livre de mandats** : un carnet de bons à signer payables au porteur (ancêtre des chéquiers actuels).
5. **Susdite** : mentionnée ci-dessus.
6. **Cinquante mille francs** : en considérant qu'1 franc des années 1840 équivaut environ à 3 euros d'aujourd'hui, la rémunération s'élève à 150 000 euros !

table. Ce dernier l'examina soigneusement et le serra[1] dans son portefeuille ; puis, ouvrant un pupitre[2], il en tira une lettre et la donna au préfet. Notre fonctionnaire l'agrippa dans une parfaite agonie de joie, l'ouvrit d'une main tremblante, jeta un coup d'œil sur son contenu, puis, attrapant précipitamment la porte, se rua sans plus de cérémonie hors de la chambre et de la maison, sans avoir prononcé une syllabe depuis le moment où Dupin l'avait prié de remplir le mandat.

Quand il fut parti, mon ami entra dans quelques explications.

– La police parisienne, dit-il, est excessivement habile dans son métier. Ses agents sont persévérants, ingénieux, rusés, et possèdent à fond toutes les connaissances que requièrent[3] spécialement leurs fonctions. Aussi, quand G... nous détaillait son mode de perquisition dans l'hôtel D..., j'avais une entière confiance dans ses talents, et j'étais sûr qu'il avait fait une investigation pleinement suffisante, dans le cercle de sa spécialité[4].

– Dans le cercle de sa spécialité ? dis-je.

– Oui, dit Dupin ; les mesures adoptées n'étaient pas seulement les meilleures dans l'espèce[5], elles furent aussi poussées à une absolue perfection. Si la lettre avait été cachée dans le rayon de leur investigation, ces gaillards l'auraient trouvée, cela ne fait pas pour moi l'ombre d'un doute.

Je me contentai de rire ; mais Dupin semblait avoir dit cela fort sérieusement.

– Donc, les mesures, continua-t-il, étaient bonnes dans l'espèce et admirablement exécutées ; elles avaient pour défaut

1. **Serra** : rangea.
2. **Pupitre** : meuble de bureau à couvercle incliné, servant à écrire.
3. **Requièrent** : demandent.
4. **Dans le cercle de sa spécialité** : dans le domaine de ses compétences.
5. **Dans l'espèce** : dans leur genre.

d'être inapplicables au cas et à l'homme en question. Il y a tout un ordre de moyens singulièrement ingénieux qui sont pour le préfet une sorte de lit de Procuste[1], sur lequel il adapte et garrotte tous ses plans. Mais il erre sans cesse par trop de profondeur ou par trop de superficialité pour le cas en question, et plus d'un écolier raisonnerait mieux que lui.

J'ai connu un enfant de huit ans, dont l'infaillibilité au jeu de pair ou impair faisait l'admiration universelle. Ce jeu est simple, on y joue avec des billes. L'un des joueurs tient dans sa main un certain nombre de ses billes, et demande à l'autre : « Pair ou non ? » Si celui-ci devine juste, il gagne une bille ; s'il se trompe, il en perd une. L'enfant dont je parle gagnait toutes les billes de l'école. Naturellement, il avait un mode de divination[2], lequel consistait dans la simple observation et dans l'appréciation de la finesse de ses adversaires. Supposons que son adversaire soit un parfait nigaud et, levant sa main fermée, lui demande : « Pair ou impair ? » Notre écolier répond : « Impair ! » et il a perdu. Mais, à la seconde épreuve, il gagne, car il se dit en lui-même : « Le niais avait mis pair la première fois, et toute sa ruse ne va qu'à lui faire mettre impair à la seconde ; je dirai donc : « Impair ! » Il dit : « Impair », et il gagne.

Maintenant, avec un adversaire un peu moins simple[3], il aurait raisonné ainsi : « Ce garçon voit que, dans le premier cas, j'ai dit « Impair », et, dans le second, il se proposera, – c'est la première idée qui se présentera à lui, – une simple variation de

1. **Procuste** : voleur de la Grèce antique, Procuste attachait ses victimes sur un lit, leur écartait bras et jambes et coupait ce qui dépassait. Selon Dupin, le préfet a tort d'adopter mécaniquement le même cadre d'investigations à tous les cas.
2. **Divination** : prévision.
3. **Simple** : simplet.

pair à impair comme a fait le premier bêta ; mais une seconde réflexion lui dira que c'est là un changement trop simple, et finalement il se décidera à mettre pair comme la première fois. – Je dirai donc : « Pair ! » Il dit « Pair », et gagne. Maintenant, ce mode de raisonnement de notre écolier, que ses camarades appellent la chance, – en dernière analyse, qu'est-ce que c'est ?

– C'est simplement, dis-je, une identification de l'intellect de notre raisonnement avec celui de son adversaire.

– C'est cela même, dit Dupin ; et, quand je demandai à ce petit garçon par quel moyen il effectuait cette parfaite identification qui faisait tout son succès, il me fit la réponse suivante :

– « Quand je veux savoir jusqu'à quel point quelqu'un est circonspect[1] ou stupide, jusqu'à quel point il est bon ou méchant, ou quelles sont actuellement ses pensées je compose mon visage d'après le sien, aussi exactement que possible, et j'attends alors pour savoir quelles pensées ou quels sentiments naîtront dans mon esprit ou dans mon cœur, comme pour s'appareiller[2] et correspondre avec ma physionomie. »

Cette réponse de l'écolier enfonce de beaucoup toute la profondeur sophistique[3] attribuée à La Rochefoucauld, à La Bruyère, à Machiavel et à Campanella[4].

– Et l'identification de l'intellect du raisonneur avec celui de son adversaire dépend, si je vous comprends bien, de l'exactitude avec laquelle l'intellect de l'adversaire est apprécié.

1. **Circonspect** : réfléchi.
2. **S'appareiller** : s'accorder.
3. **Enfonce de beaucoup toute la profondeur sophistique** : surpasse de beaucoup la façon subtile de raisonner.
4. **À La Rochefoucauld, à La Bruyère, à Machiavel et à Campanella** : La Rochefoucauld (1613-1680) et La Bruyère (1645-1696) sont des moralistes français ; Machiavel (1469-1527) est un politologue de nationalité italienne, de même que le théologien Campanella (1568-1639).

– Pour la valeur pratique, c'est en effet la condition, répliqua Dupin, et, si le préfet et toute sa bande se sont trompés si souvent, c'est, d'abord, faute de cette identification, en second lieu, par une appréciation inexacte, ou plutôt par la non-appréciation de l'intelligence avec laquelle ils se mesurent. Ils ne voient que leurs propres idées ingénieuses ; et, quand ils cherchent quelque chose de caché, ils ne pensent qu'aux moyens dont ils se seraient servis pour le cacher. Ils ont fortement raison en cela que leur propre ingéniosité est une représentation fidèle de celle de la foule ; mais, quand il se trouve un malfaiteur particulier dont la finesse diffère, en espèce, de la leur, ce malfaiteur, naturellement, les *roule*.

Cela ne manque jamais quand son astuce est au-dessus de la leur, et cela arrive très-fréquemment même quand elle est au-dessous. Ils ne varient pas leur système d'investigation ; tout au plus, quand ils sont incités par quelque cas insolite, – par quelque récompense extraordinaire, – ils exagèrent et poussent à outrance leurs vieilles routines[1] ; mais ils ne changent rien à leurs principes.

Dans le cas de D…, par exemple, qu'a-t-on fait pour changer le système d'opération ? Qu'est-ce que c'est que toutes ces perforations, ces fouilles, ces sondes, cet examen au microscope, cette division des surfaces en pouces carrés numérotés ? – qu'est-ce que tout cela, si ce n'est pas l'exagération, dans son application, d'un des principes ou de plusieurs principes d'investigation, qui sont basés sur un ordre d'idées relatif à l'ingéniosité humaine, et dont le préfet a pris l'habitude dans la longue routine de ses fonctions ?

1. **Routines** : façons habituelles de procéder.

Ne voyez-vous pas qu'il considère comme chose démontrée que *tous* les hommes qui veulent cacher une lettre se servent, – si ce n'est précisément d'un trou fait à la vrille dans le pied d'une chaise, – au moins de quelque trou, de quelque coin tout à fait singulier dont ils ont puisé l'invention[1] dans le même registre d'idées que le trou fait avec une vrille ?

Et ne voyez-vous pas aussi que des cachettes aussi *originales* ne sont employées que dans des occasions ordinaires et ne sont adoptées que par des intelligences ordinaires ; car, dans tous les cas d'objets cachés, cette manière ambitieuse et torturée[2] de cacher l'objet est, dans le principe, présumable et présumée[3] ; ainsi, la découverte ne dépend nullement de la perspicacité, mais simplement du soin, de la patience et de la résolution des chercheurs. Mais, quand le cas est important, ou, ce qui revient au même aux yeux de la police, quand la récompense est considérable, on voit toutes ces belles qualités échouer infailliblement. Vous comprenez maintenant ce que je voulais dire en affirmant que, si la lettre volée avait été cachée dans le rayon de la perquisition de notre préfet, – en d'autres termes, si le principe inspirateur de la cachette avait été compris dans les principes du préfet[4], – il l'eût infailliblement découverte. Cependant, ce fonctionnaire a été complètement mystifié[5] ; et la cause première, originelle, de sa défaite, gît[6] dans la supposition que le ministre est un fou, parce qu'il s'est fait une réputation

1. **Puisé l'invention** : trouvé l'idée.
2. **Torturée** : exigeant de gros efforts intellectuels.
3. **Présumable et présumée** : prévisible et prévue.
4. **Si le principe inspirateur de la cachette avait été compris dans les principes du préfet** : si l'idée de la cachette avait fait partie des idées que pouvait avoir le préfet.
5. **Mystifié** : trompé.
6. **Gît** : réside.

de poète. Tous les fous sont poètes, – c'est la manière de voir du préfet, – et il n'est coupable que d'une fausse distribution du terme moyen, en inférant[1] de là que tous les poètes sont fous.

– Mais est-ce vraiment le poète ? demandai-je. Je sais qu'ils sont deux frères, et ils se sont fait tous deux une réputation dans les lettres. Le ministre, je crois, a écrit un livre fort remarquable sur le calcul différentiel et intégral. Il est le mathématicien, et non pas le poète.

– Vous vous trompez ; je le connais fort bien ; il est poète et mathématicien. Comme poète *et* mathématicien, il a dû raisonner juste ; comme simple mathématicien, il n'aurait pas raisonné du tout, et se serait ainsi mis à la merci du préfet.

– Une pareille opinion, dis-je, est faite pour m'étonner ; elle est démentie par la voix du monde entier. Vous n'avez pas l'intention de mettre à néant l'idée mûrie par plusieurs siècles. La raison mathématique est depuis longtemps regardée comme la raison *par excellence.*

1. **En inférant** : en déduisant.

Si le préfet avait raisonné juste, il se serait dit (syllogisme 1) : Tous les fous sont poètes/ Or le ministre est un fou/Donc le ministre est poète ; il aurait pu se dire aussi (syllogisme 2) : Tous les poètes sont fous/Or le ministre est un poète/ Donc le ministre est un fou. Au lieu de cela, il a pensé (syllogisme erroné 3) : « Tous les fous sont poètes »/ Or le ministre « s'est fait une réputation de poète »/ Donc « le ministre est un fou » (voir ses propos *supra* lignes 461-462). Le préfet a donc, dans le syllogisme erroné 3, interverti par erreur le début des syllogismes 1 et 2 (« fausse distribution du terme moyen »), ce qui a entraîné une conclusion archi-fausse : loin d'être un fou, le ministre est au contraire une être fort rationnel...

La mention de ce frère amène à considérer autrement les relations entre D... et Dupin. Est suggérée ici la possibilité que D... et Dupin soient frères !

– *Il y a à parier*, répliqua Dupin, en citant Chamfort[1], *que toute idée publique, toute convention reçue[2] est une sottise, car elle a convenu au plus grand nombre*. Les mathématiciens, – je vous accorde cela, – ont fait de leur mieux pour propager l'erreur populaire dont vous parlez, et qui, bien qu'elle ait été propagée comme vérité, n'en est pas moins une parfaite erreur. Par exemple, ils nous ont, avec un art digne d'une meilleure cause, accoutumés à appliquer le terme *analyse* aux opérations algébriques. Les Français sont les premiers coupables de cette tricherie scientifique ; mais, si l'on reconnaît que les termes de la langue ont une réelle importance, – si les mots tirent leur valeur de leur application, – oh ! alors, je concède qu'*analyse* traduit *algèbre* à peu près comme en latin *ambitus* signifie *ambition* ; *religio*, religion ; ou *homines honesti*, la classe des gens honorables[3].

– Je vois, dis-je, que vous allez vous faire une querelle avec un bon nombre d'algébristes de Paris ; – mais continuez.

– Je conteste la validité, et conséquemment les résultats d'une raison cultivée par tout procédé spécial autre que la logique abstraite. Je conteste particulièrement le raisonnement tiré de l'étude des mathématiques. Les mathématiques sont la science des formes et des qualités ; le raisonnement mathématique n'est autre que la simple logique appliquée à la forme et à la quantité. La grande erreur consiste à supposer que les vérités qu'on nomme *purement* algébriques sont des vérités abstraites ou générales. Et cette erreur est si énorme, que je suis

1. **Chamfort (1740-1794)** : moraliste français, auteur de *Maximes* (1795) féroces et satiriques fustigeant la bêtise humaine.
2. **Convention reçue** : règle tenue pour vraie.
3. Série de contresens. En réalité, *ambitus* signifie « recherche d'un emploi » ; *religio* « superstition » ; *homines honesti* est le terme qu'utilisait Cicéron pour désigner « les hommes de son parti », et non « les gens honorables » !

émerveillé de l'unanimité avec laquelle elle est accueillie. Les axiomes mathématiques ne sont pas des axiomes d'une vérité générale. Ce qui est vrai d'un rapport de forme ou de quantité est souvent une grosse erreur relativement à la morale, par exemple. Dans cette dernière science, il est très-communément faux que la somme des fractions soit égale au tout. De même en chimie, l'axiome a tort. Dans l'appréciation d'une force motrice, il a également tort ; car deux moteurs, chacun étant d'une puissance donnée, n'ont pas nécessairement, quand ils sont associés, une puissance égale à la somme de leurs puissances prises séparément. Il y a une foule d'autres vérités mathématiques qui ne sont des vérités que dans des limites de *rapport*. Mais le mathématicien argumente incorrigiblement d'après ses *vérités finies*, comme si elles étaient d'une application générale et absolue, – valeur que d'ailleurs le monde leur attribue. Bryant[1], dans sa très-remarquable *Mythologie*, mentionne une source analogue d'erreurs, quand il dit que, bien que personne ne croie aux fables du paganisme, cependant nous nous oublions nous-mêmes sans cesse au point d'en tirer des déductions, comme si elles étaient des réalités vivantes. Il y a d'ailleurs chez nos algébristes, qui sont eux-mêmes des païens, de certaines fables païennes auxquelles on ajoute foi, et dont on a tiré des conséquences, non pas tant par une absence de mémoire que par un incompréhensible trouble du cerveau. Bref, je n'ai jamais rencontré de pur mathématicien en qui on pût avoir confiance en dehors de ses racines et de ses équations ; je n'en ai pas connu

1. **Bryant (1715-1804)** : antiquaire anglais passionné par les mythes anciens (*Nouveau système de mythologie ancienne*, 1807).

un seul qui ne tînt pas clandestinement pour article de foi[1] que $x^2 + px$ est absolument et inconditionnellement égal à q. Dites à l'un de ces messieurs, en matière d'expérience[2], si cela vous amuse, que vous croyez à la possibilité de cas où $x^2 + px$ ne serait pas absolument égal à q ; et, quand vous lui aurez fait comprendre ce que vous voulez dire, mettez-vous hors de sa portée et le plus lestement possible ; car, sans aucun doute, il essayera de vous assommer.

Je veux dire, continua Dupin, pendant que je me contentais de rire de ses dernières observations, que, si le ministre n'avait été qu'un mathématicien, le préfet n'aurait pas été dans la nécessité de me souscrire ce billet[3]. Je le connaissais pour un mathématicien et un poète, et j'avais pris mes mesures en raison de sa capacité, et en tenant compte des circonstances où il se trouvait placé. Je savais que c'était un homme de cour et un intrigant[4] déterminé. Je réfléchis qu'un pareil homme devait indubitablement[5] être au courant des pratiques de la police. Évidemment, il devait avoir prévu – et l'événement l'a prouvé – les guets-apens qui lui ont été préparés. Je me dis qu'il avait prévu les perquisitions secrètes dans son hôtel. Ces fréquentes absences nocturnes que notre bon préfet avait saluées comme des adjuvants positifs de[6] son futur succès, je les regardais simplement comme des ruses pour faciliter les libres recherches de

1. **Qui ne tînt pas clandestinement pour article de foi** : qui ne considère au fond de lui comme un dogme religieux.
2. **En matière d'expérience** : pour voir.
3. **De me souscrire ce billet** : de me signer un gros chèque. Le préfet doit payer car la logique du ministre est hors de sa portée.
4. **Intrigant** : individu aux agissements secrets.
5. **Indubitablement** : certainement.
6. **Adjuvants positifs de** : circonstances favorables à.

la police et lui persuader plus facilement que la lettre n'était pas dans l'hôtel. Je sentais aussi que toute la série d'idées relatives aux principes invariables de l'action policière dans le cas de perquisition, – idées que je vous expliquai tout à l'heure, non sans quelque peine, – je sentais, dis-je, que toute cette série d'idées avait dû nécessairement se dérouler dans l'esprit du ministre.

Cela devait impérativement le conduire à dédaigner toutes les cachettes vulgaires. Cet homme-là ne pouvait pas être assez faible pour ne pas deviner que la cachette la plus compliquée, la plus profonde de son hôtel serait aussi peu secrète qu'une antichambre ou une armoire pour les yeux, les sondes, les vrilles et les microscopes du préfet. Enfin je voyais qu'il avait dû viser nécessairement à la simplicité, s'il n'y avait pas été induit[1] par un goût naturel. Vous vous rappelez sans doute avec quels éclats de rire le préfet accueillit l'idée que j'exprimai dans notre première entrevue, à savoir que si le mystère l'embarrassait si fort, c'était peut être en raison de son absolue simplicité.

– Oui, dis-je, je me rappelle parfaitement son hilarité. Je croyais vraiment qu'il allait tomber dans des attaques de nerfs.

– Le monde matériel[2], continua Dupin, est plein d'analogies exactes avec l'immatériel, et c'est ce qui donne une couleur de vérité à ce dogme de rhétorique[3], qu'une métaphore ou une comparaison peut fortifier un argument aussi bien qu'embellir une description.

1. **Induit** : conduit.
2. **Le monde matériel** : le domaine des réalités concrètes et de la physique, par opposition au monde immatériel, domaine des idées et de la métaphysique.
3. **Ce dogme de rhétorique** : ce principe dans l'art de bien parler en public.

Le principe de la force d'inertie[1], par exemple, semble identique dans les deux natures, physique et métaphysique ; un gros corps est plus difficilement mis en mouvement qu'un petit, et sa quantité de mouvement est en proportion de cette difficulté ; voilà qui est aussi positif que cette proposition analogue[2] : les intellects d'une vaste capacité[3], qui sont en même temps plus impétueux[4], plus constants et plus accidentés dans leur mouvement que ceux d'un degré inférieur, sont ceux qui se meuvent le moins aisément[5], et qui sont les plus embarrassés d'hésitation quand ils se mettent en marche. Autre exemple : avez-vous jamais remarqué quelles sont les enseignes de boutique qui attirent le plus l'attention ?

– Je n'ai jamais songé à cela, dis-je.

– Il existe, reprit Dupin, un jeu de divination[6], qu'on joue avec une carte géographique. Un des joueurs prie quelqu'un de deviner un mot donné, – un nom de ville, de rivière, d'État ou d'empire, – enfin un mot quelconque compris dans l'étendue bigarrée[7] et embrouillée de la carte. Une personne novice[8] dans le jeu cherche en général à embarrasser ses adversaires en leur donnant à deviner des noms écrits en caractères imperceptibles ; mais les adeptes du jeu[9] choisissent des mots en gros caractères qui s'étendent d'un bout de la carte à l'autre. Ces mots-là, comme

1. **La force d'inertie** : la force de résistance qui s'oppose à un mouvement.
2. **Voilà qui est aussi positif que cette proposition analogue** : c'est une chose aussi certaine que cet énoncé similaire.
3. **D'une vaste capacité** : d'un quotient intellectuel élevé.
4. **Impétueux** : vifs.
5. **Qui se meuvent le moins aisément** : qui démarrent le moins facilement.
6. **De divination** : de devinette.
7. **Bigarrée** : multicolore.
8. **Novice** : débutante.
9. **Les adeptes du jeu** : les passionnés de ce jeu.

les enseignes et les affiches à lettres énormes, échappent à l'observateur par le fait même de leur excessive évidence ; et, ici, l'oubli matériel est précisément analogue à l'inattention morale d'un esprit qui laisse échapper les considérations trop palpables, évidentes jusqu'à la banalité et l'importunité[1]. Mais c'est là un cas, à ce qu'il semble, un peu au-dessus ou au-dessous de l'intelligence du préfet. Il n'a jamais cru probable ou possible que le ministre eût déposé sa lettre juste sous le nez du monde entier, comme pour mieux empêcher un individu quelconque de l'apercevoir.

Mais plus je réfléchissais à l'audacieux, au distinctif et brillant esprit de D..., – à ce fait qu'il avait dû toujours avoir le document sous la main, pour en faire immédiatement usage, si besoin était, – et à cet autre fait que, d'après la démonstration décisive fournie par le préfet, ce document n'était pas caché dans les limites d'une perquisition ordinaire et en règle, – plus je me sentais convaincu que le ministre, pour cacher sa lettre, avait eu recours à l'expédient[2] le plus ingénieux du monde, le plus large, qui était de ne pas même essayer de la cacher.

Pénétré de ces idées, j'ajustai sur mes yeux une paire de lunettes vertes[3], et je me présentai un beau matin, comme par hasard, à l'hôtel du ministre. Je trouve D... chez lui, bâillant, flânant, musant[4], et se prétendant accablé d'un suprême ennui. D... est peut-être l'homme le plus réellement énergique qui soit aujourd'hui, mais c'est seulement quand il est sûr de n'être vu de personne.

1. **L'importunité** : la gêne.
2. **À l'expédient** : au procédé.
3. **Lunettes vertes** : lunettes de soleil (à verres colorés). Dupin fait en sorte que le mouvement de ses yeux ne puisse être aperçu.
4. **Musant** : traînant.

Pour n'être pas en reste avec lui[1], je me plaignais de la faiblesse de mes yeux et de la nécessité de porter des lunettes. Mais, derrière ces lunettes, j'inspectais soigneusement et minutieusement tout l'appartement, en faisant semblant d'être tout à la conversation de mon hôte.

Je donnai une attention spéciale à un vaste bureau auprès duquel il était assis, et sur lequel gisaient pêle-mêle des lettres diverses et d'autres papiers, avec un ou deux instruments de musique et quelques livres. Après un long examen, fait à loisir[2], je n'y vis rien qui pût exciter[3] particulièrement mes soupçons.

À la longue, mes yeux, en faisant le tour de la chambre, tombèrent sur un misérable porte-cartes, orné de clinquant[4], et suspendu par un ruban bleu crasseux à un petit bouton de cuivre au-dessus du manteau de la cheminée[5]. Ce porte-cartes, qui avait trois ou quatre compartiments, contenait cinq ou six cartes de visite et une lettre unique. Cette dernière était fortement salie et chiffonnée[6]. Elle était presque déchirée en deux par le milieu, comme si on avait eu d'abord l'intention de la déchirer entièrement, ainsi qu'on fait d'un objet sans valeur ; mais on avait vraisemblablement changé d'idée. Elle portait un large sceau noir[7] avec le chiffre[8] de D... très en évidence, et était adressée au ministre lui-même. La suscription était d'une

1. **Pour n'être pas en reste avec lui** : pour jouer également la comédie.
2. **À loisir** : en prenant tout mon temps.
3. **Exciter** : susciter.
4. **Clinquant** : métal brillant.
5. **Manteau de la cheminée** : partie horizontale (en marbre ou en bois) qui avance au-dessus de l'âtre.
6. **Chiffonnée** : froissée.
7. **Elle portait un large sceau noir** : elle portait l'empreinte, dans un morceau de cire noire, d'un large sceau.
8. **Le chiffre** : les initiales.

écriture de femme très-fine●. On l'avait jetée négligemment, et même, à ce qu'il semblait, assez dédaigneusement dans l'un des compartiments supérieurs du porte-cartes.

À peine eus-je jeté un coup d'œil sur cette lettre, que je conclus que c'était celle dont j'étais en quête. Évidemment elle était, par son aspect, absolument différente de celle dont le préfet nous avait lu une description si minutieuse. Ici, le sceau était large et noir avec le chiffre de D... ; dans l'autre, il était petit et rouge, avec les armes[1] ducales de la famille S... Ici, la suscription était d'une écriture menue et féminine ; dans l'autre, l'adresse, portant le nom d'une personne royale, était d'une écriture hardie[2], décidée et caractérisée ; les deux lettres ne se ressemblaient qu'en un point, la dimension. Mais le caractère excessif de ces différences, fondamentales en somme, la saleté, l'état déplorable du papier, fripé et déchiré, qui contredisaient les véritables habitudes de D..., si méthodique, et qui dénonçaient l'intention de dérouter un indiscret en lui offrant toutes les apparences d'un document sans valeur, – tout cela, en y ajoutant la situation impudente[3] du document mis en plein sous les yeux de tous les visiteurs et concordant ainsi exactement avec mes conclusions antérieures[4], – tout cela, dis-je, était fait pour corroborer[5] décidément les soupçons de quelqu'un venu avec le parti pris du soupçon.

Je prolongeai ma visite aussi longtemps que possible, et, tout en soutenant une discussion très-vive avec le ministre sur un

1. **Armes** : armoiries.
2. **Hardie** : assurée.
3. **Impudente** : provocatrice.
4. Voir *supra* lignes 614-617.
5. **Corroborer** : confirmer.

● **C'est pourtant D... qui a écrit cette adresse ! L'apparence de la lettre laisse penser qu'il s'agit d'un billet doux que D..., au dernier moment, n'a pas expédié ; il l'a froissée et déchirée, sans pour autant se décider à la jeter au feu...**

point[1] que je savais être pour lui d'un intérêt toujours nouveau, je gardais invariablement mon attention braquée sur la lettre. Tout en faisant cet examen, je réfléchissais sur son aspect extérieur et sur la manière dont elle était arrangée dans le porte-cartes, et à la longue je tombai sur une découverte qui mit à néant le léger doute qui pouvait me rester encore. En analysant les bords du papier, je remarquai qu'ils étaient plus éraillés que *nature*[2]. Ils présentaient l'aspect cassé d'un papier dur, qui, ayant été plié et foulé[3] par le couteau à papier, a été replié dans le sens inverse, mais dans les mêmes plis qui constituaient sa forme première. Cette découverte me suffisait. Il était clair pour moi que la lettre avait été retournée comme un gant, repliée et recachetée. Je souhaitai le bonjour au ministre, et je pris soudainement congé de lui, en oubliant une tabatière en or[4] sur son bureau.

Le matin suivant, je vins pour chercher ma tabatière, et nous reprîmes très-vivement la conversation de la veille. Mais, pendant que la discussion s'engageait, une détonation[5] très-forte, comme un coup de pistolet, se fit entendre sous les fenêtres de l'hôtel, et fut suivie des cris et des vociférations[6] d'une foule épouvantée. D... se précipita vers une fenêtre, l'ouvrit, et regarda dans la rue. En même temps, j'allai droit au porte-cartes, je pris la lettre, je la mis dans ma poche, et je la remplaçai par une autre, une espèce de *fac-similé*[7] (quant à l'extérieur) que j'avais

1. **Point** : thème.
2. **Plus éraillés que nature** : plus écrasés que nécessaire.
3. **Foulé** : pressé.
4. **Tabatière en or** : petite boite en or, à couvercle, contenant du tabac à priser, c'est-à-dire à aspirer par le nez.
5. **Détonation** : coup de feu.
6. **Vociférations** : paroles bruyantes.
7. **Fac-similé** : reproduction exacte (du latin *fac simile* « Fais une chose semblable »).

soigneusement préparé chez moi, – en contrefaisant[1] le chiffre de D... à l'aide d'un sceau de mie de pain●.

Le tumulte de la rue avait été causé par le caprice insensé[2] d'un homme armé d'un fusil. Il avait déchargé son arme au milieu d'une foule de femmes et d'enfants. Mais comme elle n'était pas chargée à balle[3], on prit ce drôle pour un lunatique[4] ou un ivrogne, et on lui permit de continuer son chemin. Quand

Gravure de Wogel pour les Histoires extraordinaires, *1884, BnF, Paris.*

1. **Contrefaisant :** copiant.
2. **Le caprice insensé :** le coup de folie.
3. **Elle n'était pas chargée à balle :** elle était chargée à blanc.
4. **Un lunatique :** un individu soumis aux influences de la lune et par conséquent à des folies périodiques.

● **On pouvait alors sceller une lettre soit avec de la cire à cacheter soit avec du pain à cacheter ; ce pain azyme, spécial, était moins cher que la cire (on remarque au passage le rapprochement de sonorités suivant : Dupin/duper/du pain).**

il fut parti, D... se retira de la fenêtre, où je l'avais suivi immédiatement après m'être assuré de[1] la précieuse lettre. Peu d'instants après, je lui dis adieu. Le prétendu fou était un homme payé par moi.

– Mais quel était votre but, demandai-je à mon ami, en remplaçant la lettre par une contrefaçon ? N'eût-il pas été plus simple, dès votre première visite, de vous en emparer, sans autres précautions, et de vous en aller ?

– D..., répliqua Dupin, est capable de tout, et, de plus, c'est un homme solide[2]. D'ailleurs, il a dans son hôtel des serviteurs à sa dévotion[3]. Si j'avais fait l'extravagante[4] tentative dont vous parlez, je ne serais pas sorti vivant de chez lui. Le bon peuple de Paris n'aurait plus entendu parler de moi. Mais, à part ces considérations, j'avais un but particulier. Vous connaissez mes sympathies politiques. Dans cette affaire, j'agis comme partisan de la dame en question. Voilà dix-huit mois que le ministre la tient en son pouvoir. C'est elle maintenant qui le tient, puisqu'il ignore que la lettre n'est plus chez lui, et qu'il va vouloir procéder à son chantage habituel. Il va donc infailliblement opérer lui-même et du premier coup sa ruine politique. Sa chute ne sera pas moins précipitée que ridicule. On parle fort lestement[5] du *facilis descensus Averni*[6] ; mais en matière d'escalades, on peut dire ce que la Catalani[7] disait du chant : « Il est plus facile de

1. **Après m'être assuré de** : après avoir pris.
2. **Solide** : costaud.
3. **À sa dévotion** : prêts à tout pour lui.
4. **L'extravagante** : l'idiote.
5. **Fort lestement** : sans trop réfléchir.
6. ***Facilis descensus Averni*** : « (Il est) facile de descendre aux Enfers. » Citation de l'*Énéide* (VI, 126), épopée du grand poète latin Virgile (70-19 av. J.-C.).
7. **La Catalani** : soprano italienne Angelica Catalani (1779-1749), célèbre pour ses vocalisations surprenantes.

monter que de descendre. » Dans le cas présent, je n'ai aucune sympathie, pas même de pitié pour celui qui va descendre. D..., c'est le vrai *monstrum horrendum*[1], – un homme de génie sans principes. Je vous avoue, cependant, que je ne serais pas fâché de connaître le caractère exact de ses pensées, quand, mis au défi par celle que le préfet appelle *une certaine personne*, il sera réduit à ouvrir la lettre que j'ai laissée pour lui dans son porte-cartes.

– Comment ! est-ce que vous y avez mis quelque chose de particulier ?

– Eh mais ! il ne m'a pas semblé tout à fait convenable de laisser l'intérieur en blanc, – cela aurait eu l'air d'une insulte. Une fois, à Vienne, D... m'a joué un vilain tour, et je lui dis d'un ton tout à fait gai que je m'en souviendrais. Aussi, comme je savais qu'il éprouverait une certaine curiosité relativement à la personne par qui il se trouvait joué[2], je pensai que ce serait vraiment dommage de ne pas lui laisser un indice quelconque. Il connaît fort bien mon écriture, et j'ai copié tout au beau milieu de la page blanche ces mots :

.... Un dessein si funeste,
S'il n'est digne d'Atrée, est digne de Thyeste.

Vous trouverez cela[3] dans l'*Atrée*[4] de Crébillon.

1. ***Monstrum horrendum*** : « monstre qu'il faut avoir en horreur». Nouvelle citation de l'*Énéide* (III, 658). Dupin est un lettré.
2. **Relativement à la personne par qui il se trouvait joué** : concernant l'identité de la personne qui avait réussi à le duper.
3. Vers 13-14 de la scène 5 de l'acte V de l'œuvre mentionnée ci-dessous.
4. **L'*Atrée*** : tragédie (1607) de Prosper Crébillon (1674-1762) développant l'affreuse vengeance qu'Atrée tire de son frère Thyeste qui a séduit sa femme. L'intrigue – tirée de la mythologie grecque – cumule parricide, fratricide et infanticide !

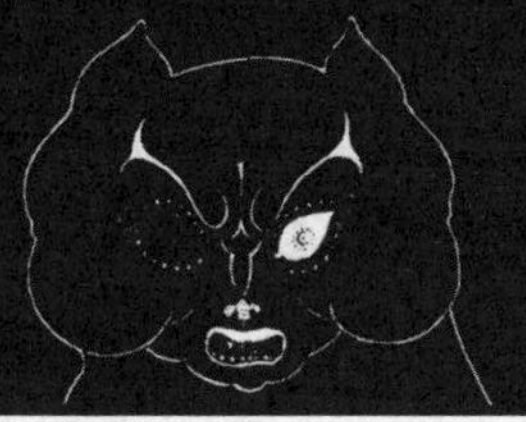

LE DOSSIER

Le Chat noir, La Lettre volée

Deux nouvelles à énigme

REPÈRES

PARCOURS DE L'ŒUVRE

TEXTES ET IMAGE

Qu'est ce qu'une nouvelle ?

La nouvelle prend son essor au début du XIXe siècle lorsqu'elle se déploie partout dans la presse écrite. Il s'agit d'une fiction littéraire courte, conçue pour être lue d'une traite. Faits divers et nouvelles voisinaient dans les colonnes de quotidiens rédigés par des journalistes qui étaient souvent auteurs. Ainsi,* Le Chat noir *et* La Lettre volée *sont d'abord parus dans des revues.

La naissance de la nouvelle

On doit le premier recueil de nouvelles à Boccace qui a écrit le Décaméron *(1348-1353). Dix jeunes gens se réunissent à la campagne pour échapper à la peste et doivent se raconter chacun dix histoires ayant réellement eu lieu.*

LA STRUCTURE NARRATIVE

Dans un cadre réaliste et vraisemblable, le héros de la nouvelle est troublé par l'irruption d'un événement inhabituel ; mais à la fin, le personnage trouve un nouvel équilibre. Cette fin – la « chute » – est très élaborée pour être inattendue, vive et rapide ; elle aboutit à une situation qui est souvent l'inverse de celle du début (renversement narratif).

Le mot « nouvelle » vient de l'italien novella *qui désigne le récit d'un événement réel et récent.*

L'événement critique peut prendre la forme bouleversante d'un conflit interne ou d'un conflit avec un autre personnage (qui peut être un double). L'enjeu de l'action est de surmonter cette épreuve ; celui du récit est de proposer au lecteur de vivre cette crise (effet visé) à travers l'expérience de la lecture.

LE NARRATEUR

L'histoire est narrée à la 3e personne (par un narrateur omniscient) ou à la 1re personne (le personnage principal ou un personnage témoin). Le narrateur emploie, pour évoquer un événement intense, un style plutôt oral (nombreux dialogues) et proche du lecteur.

● LES PERSONNAGES

Le sujet (un fait curieux, une anecdote) de la nouvelle étant simple, les quelques personnages sont peu décrits physiquement et moralement mais ils sont contrastés. Le héros est le personnage confronté à un problème, à un manque ou à une quête. Les personnages secondaires servent à l'aider ou lui nuire (comme dans un conte de fées) pour faire avancer l'action.

● LE CADRE SPATIO-TEMPOREL

La nouvelle ne concerne qu'une période limitée ; ou bien, si l'action s'inscrit dans la durée, il y a des ellipses dans la narration et ne sont développés que quelques moments significatifs de la vie du personnage principal. L'espace est également resserré, réduit le plus souvent à quelques lieux. Les faits racontés se réfèrent cependant à une réalité historique, géographique et sociale, réaliste et précise.

Les écrivains et la nouvelle

Il n'est guère d'écrivains en France qui n'aient écrit de nouvelles au XIXe *siècle. On peut citer parmi les auteurs réalistes G. Flaubert avec* Trois Contes *et Balzac et ses* Contes drolatiques. *Mais Maupassant est sans doute l'auteur le plus prolifique avec dix-huit recueils de contes et nouvelles.*

Un genre protéiforme

Il existe de multiples variétés de nouvelles : ***réaliste*** (Contes et nouvelles, *G. de Maupassant ;* Leurre de vérité et autres nouvelles, *D. Daeninckx),* ***fantastique*** (Contes du grotesque et de l'arabesque, *E. A. Poe ;* Différentes saisons, *S. King),* ***policière*** (Double assassinat dans la rue Morgue, *E. A. Poe ;* Nouvelles policières, *A. Christie), de* ***science-fiction*** (Un rêve d'Armageddon, *H. G. Wells ;* Hier et demain, *J. Verne).*

Qu'est-ce qu'un récit fantastique ?

Le fantastique apparaît dès qu'un personnage est confronté à un phénomène, extérieur à lui ou non, qui bouleverse ses cadres de pensée. Ce genre littéraire, né avec* Le Diable amoureux *(1772) de Cazotte, a pris son essor avec les romans noirs (ou gothiques) anglais, avant de se déployer au XIXe siècle dans l'Europe romantique – en Allemagne avec* L'Homme au sable *de Hoffmann et en France avec Maupassant – jusqu'aux États-Unis.

L'origine du terme

Le mot fantastique vient du latin fantasticum *désignant ce qui est imaginaire, irréel. Ce mot vient lui-même du grec* phantasein *qui signifie «donner l'illusion», «apparaître», «se montrer».*

• LA STRUCTURE NARRATIVE

Dans un monde quotidien, familier et donnant l'illusion du vrai, apparaît brutalement un mystère – être menaçant ou événement étrange – dont la présence, inadmissible selon les lois de la nature et de la raison, reste inexplicable jusqu'à la fin du texte.

• LE MYSTÈRE FANTASTIQUE

C'est un phénomène qui demeure jusqu'au bout non résolu. Le ressort fondamental du fantastique est l'incapacité de trancher entre une explication rationnelle et une interprétation surnaturelle de ce qui se passe. On ne sait par quel bout aborder ce mystère fascinant et terrifiant à la fois. Le héros et le lecteur sont hésitants.

• LE NARRATEUR

Le narrateur peut être un narrateur omniscient (qui prend ses distances par rapport aux faits mentionnés), le héros lui-même ou un de ses proches (souvent après les événements). Quoi qu'il en soit, le récit prend en général l'apparence d'une expérience vécue racontée objectivement, ce qui donne du crédit à l'action et facilite l'identification entre le personnage principal et le lecteur.

Celui-ci ressent de la peur ; il partage les interrogations et les angoisses du héros.

● UN CADRE MYSTÉRIEUX

C'est dans des lieux fermés (maison, bureau), parfois souterrains et labyrinthiques (cave, parking), que se manifeste de préférence le surnaturel. Le moment choisi est plutôt la nuit (ou le crépuscule) qui favorise l'apparition d'ombres et de formes indistinctes.

Que l'élément étrange soit un animal, un être aimé ou proche, ou encore un étranger, la peur que cet être surnaturel suscite chez le héros le pousse à douter de ses propres facultés de juger. Ainsi, le héros se demande s'il n'est pas en proie à des hallucinations, s'il ne rêve pas, et sombre parfois dans la folie.

Par exemple, Le Chat noir.

Par exemple, Le Horla ou Fou ? *de Maupassant.*

● LES DOUTES DU HÉROS

Le héros, qui paraît équilibré au départ mais qui a commis l'erreur d'avoir transgressé un interdit majeur, se débat entre une tendance à rationaliser ce qu'il voit et la tentation d'admettre le surnaturel dans sa vie.

Des êtres étranges

*Les **revenants** sont omniprésents dans la littérature fantastique, qu'il s'agisse de fantômes, de morts vivants, d'apparitions ou d'ombres. Le **vampirisme** connait un succès certain à partir du XVIIIe siècle : T. Gautier, dans la nouvelle* La Morte amoureuse, *s'adonne à ce genre où le vampire est une séductrice hors pair. Par ailleurs, les thèmes du **double*** (L'Étrange Cas du Docteur Jekyll et de Mister Hyde, *R. L. Stevenson) et du **monstre*** (Frankenstein ou le Prométhée moderne, *M. Shelley) sont des classiques du genre. Enfin, il n'est pas rare de voir des **objets** s'animer, comme dans* La Vénus d'Ille *de Mérimée.*

Qu'est-ce qu'un récit policier ?

Double assassinat dans la rue Morgue, *écrit en 1841, est considéré comme le prototype du genre policier et met en scène pour la première fois le détective Dupin, que l'on retrouvera dans* La Lettre volée *un an plus tard. Les facultés d'enquête de ce détective ne reposent pas seulement sur un raisonnement logique, mais aussi sur des facultés d'observation, d'imagination et d'analyse, qui lui permettent de déjouer les indices trompeurs et de démêler les différentes hypothèses.*

• LA STRUCTURE NARRATIVE

Dans un univers banal et quotidien qui ressemble beaucoup au nôtre, a eu lieu un délit très grave – une rupture des règles sociales – qui suscite des questions et fait méthodiquement l'objet d'une enquête rétrospective pour savoir comment et/ou par qui il a été commis. À la fin du texte, l'énigme est élucidée.

• L'ÉNIGME POLICIÈRE

Sur le moment, les faits paraissent inexplicables. Mais l'enquête et la déduction logique permettent de ramener l'inconnu au connu. Ce qui permet de trouver l'explication (la clé de l'énigme), c'est l'attention aux détails, la perspicacité et la cohérence logique.

• LE NARRATEUR

Ici également, tous les cas de figure sont possibles : récit à la 3e personne ou à la 1re personne ; lorsque le narrateur a été témoin des faits racontés, les questions qu'il adresse au détective sont souvent celles que se pose le lecteur lui-même. Cependant ce double naïf du lecteur est frustrant, puisqu'il est impliqué dans l'action mais en demeurant complètement extérieur aux événements dont le sens n'est accessible qu'au héros.

C'est fréquemment un compagnon du détective, comme par exemple dans La Lettre volée.

● LA VICTIME, LE COUPABLE, LE DÉTECTIVE

Il y a des rôles-types : la victime, le coupable – qui a un certain mobile et recourt à un certain mode opératoire pour commettre son délit/méfait : vol, crime, enlèvement... –, le narrateur, les témoins, le suspect et enfin l'enquêteur (parfois doublé d'un acolyte servant de faire-valoir) ; ce dernier, qui peut être un policier (commissaire, préfet, inspecteur...) ou un amateur, est le centre de l'histoire ; sa mission est d'éclaircir graduellement l'énigme par les raisonnements et les recherches.

C'est Edgar Poe qui a inventé le type du détective cérébral et excentrique, obsédé par la logique (ancêtre de Holmes et Poirot) et caractérisé par quelques manies (réfléchir dans le noir chez Dupin, goût du déguisement pour Holmes...).

Élémentaire mon cher Watson !

Sir Arthur Conan Doyle s'inspire de Dupin et de son témoin narrateur pour créer les figures légendaires de Sherlock Holmes et du docteur Watson. Holmes se démarque par des connaissances spécifiques telles que l'anatomie, la criminologie, la toxicologie et la chimie. Les lecteurs retrouvent les résidents du 221B Baker Street dans de nombreux romans et nouvelles, comme Le Chien des Baskerville, Une étude en rouge *ou* Les Aventures de Sherlock Holmes.

● UN LIEU CLOS ET UNE CHRONOLOGIE RESSERRÉE

C'est généralement dans des espaces clos (chambre, wagon, bateau), susceptibles le cas échéant d'être explorés en détail (fouilles, perquisition), que s'affrontent le criminel et le détective. Sur le plan chronologique, le récit d'énigme est souvent constitué de deux histoires enchâssées : celle de l'enquête et celle du crime ; une première narration suit l'ordre chronologique de l'enquête ; la seconde narration s'efforce de reconstituer (à l'envers) l'histoire cachée des faits criminels, de remonter jusqu'au coupable.

Étape 1 • Étudier l'irruption du fantastique dans le récit

SUPPORT : Du début de la nouvelle p. 12 à la ligne 161 p. 18.

OBJECTIF : Étudier la mise en place du fantastique.

As-tu bien lu ?

1 Le narrateur a écrit *Le Chat noir*...
- ☐ Dans un manoir anglais
- ☐ Dans une cellule de prison
- ☐ Dans une taverne malfamée

2 Le narrateur n'a rien d'autre à faire qu'écrire ; pourquoi ?

3 Quel animal domestique devient le camarade et même l'ami du narrateur ?

4 Qu'arrive-t-il au narrateur après avoir connu quelques années de bonheur ?
- ☐ Il a un accident.
- ☐ Il perd sa femme.
- ☐ Il devient alcoolique.

5 Quels actes barbares commet le narrateur à l'encontre du chat ?
- ☐ Il lui arrache un œil puis le pend.
- ☐ Il cesse de le nourrir et le fouette.
- ☐ Il lui casse une patte et l'abandonne.

Des personnages qui se révèlent inquiétants

6 Au début de la nouvelle, le narrateur apparaît-il comme un être plutôt sensé ou déséquilibré ? Cite le texte.

7 À quel moment précis du texte le narrateur change-t-il de comportement ? Cite les lignes où se produit le changement.

8 Comme son maître, le chat noir évolue de façon étrange dans cet extrait. Relève les passages, mots et expressions qui le montrent d'abord comme un chat exemplaire, ensuite comme un animal agressif, enfin comme un être maléfique.

L'irruption du surnaturel

9 Comment passe-t-on d'un monde normal (ordinaire et rassurant) à un monde déroutant ? Quel événement peut difficilement s'expliquer rationnellement ?

10 Liste les éléments étranges qui te paraissent caractéristiques du fantastique dans cet extrait.

La langue et le style

11 Relève dans cet extrait le champ lexical de la religion catholique. Est-il étonnant que le narrateur, compte tenu de sa situation (condamnation à mort), utilise un lexique religieux ? Pourquoi ?

12 À travers la façon dont il se désigne, dirais-tu que le narrateur se considère comme un ange ou comme un démon ? Au contraire, comment considère-t-il le chat ?

Faire le bilan

13 Montre en complétant le tableau qu'à différents moments le narrateur et/ou le lecteur hésite(nt) entre une explication surnaturelle et une explication naturelle des événements.

	Lors de la scène de la pendaison...	**Suite à l'incendie de la maison...**	**Devant l'empreinte de Pluton pendu...**
p. 16			
p. 17			
p. 18			

14 En utilisant les réponses aux questions précédentes, donne brièvement ta définition du récit fantastique.

À toi de jouer

15 Imagine un court récit dans lequel un enfant considère comme magique un phénomène bien ordinaire ; au cours d'une discussion, tu lui expliques la véritable raison de ce qu'il voit.

Étape 2 • Caractériser l'histoire et les personnages

SUPPORT : De la ligne 173 p. 18 à la fin.

OBJECTIF : À travers la seconde partie de la nouvelle et son dénouement, mettre en évidence les caractéristiques d'un événement fantastique.

As-tu bien lu ?

1 Quelle est la différence physique essentielle entre le chat noir de l'épisode précédent et le chat noir de ce second épisode ?

2 Quelle chose se dessine progressivement sur la fourrure du chat ?
☐ Une bouteille ☐ Un cœur ☐ Un gibet

3 Pourquoi le narrateur tue-t-il sa femme ?
☐ Parce qu'elle a tenté de l'empoisonner
☐ Parce qu'elle prend la défense du chat noir
☐ Parce qu'elle le menace d'une hache

4 Comment les inspecteurs découvrent-ils la cache du corps de la femme ?
☐ Ils trouvent du sang caillé.
☐ Ils entendent comme un râle.
☐ Ils voient du plâtre pas sec.

La rencontre d'un autre Pluton

5 Pourquoi ce second chat noir est-il étrange ? Pour répondre à cette question, analyse la situation de son apparition et ses caractéristiques physiques.

6 Relève les détails physiques et comportementaux qui suggèrent que les deux chats ne sont pas des animaux ordinaires mais plutôt des créatures démoniaques.

7 Relève les trois sentiments successifs que le narrateur éprouve vis-à-vis du second chat. Quel sentiment finit par l'emporter ? Pourquoi ?

Le mystère fantastique et son interprétation

8 Pour les deux événements ci-dessous, quelles sont les deux explications possibles qu'évoque à chaque fois le narrateur ?

	Explication rationnelle	Explication irrationnelle
Le chat se met à arborer sur la poitrine l'image d'un gibet (fin de la 1re partie de l'extrait).		
Le chat réapparaît derrière le mur de la cave (fin de la 2e partie de l'extrait).		

9 Laquelle semble-t-il privilégier dans chaque cas ?

10 Le lecteur peut-il souscrire à ces explications du narrateur ?

11 Dans la deuxième partie de l'extrait (dans la cave), quelle influence le chat semble-t-il avoir sur les événements suivants : la chute du héros dans la cave, le meurtre de l'épouse et l'échafaud ?

La langue et le style

12 Au cours des lignes 234 à 252 (p. 21), comment le narrateur suggère-t-il qu'il a du mal à représenter la forme qui apparaît sur le corps du chat ? Étudie en particulier le champ lexical dominant, les types de phrases, la ponctuation, les procédés de mise en relief...

Faire le bilan

13 Complète la synthèse suivante.
Un événement fantastique possède trois caractéristiques principales : il n'est pas clairement .... et par conséquent le héros et le lecteur .... toujours entre .... naturelles et surnaturelles, jusqu'à la fin du récit ; ensuite, dans la mesure où il ne relève pas du monde ordinaire, il est difficile à .... avec des mots courants et à mettre sous les .... du lecteur ; enfin, le fait surnaturel semble avoir le pouvoir maléfique d'entraîner le héros vers une fin ....

À toi de jouer

14 Se souvenir et raconter ses peurs...
Fais une liste de 7 phrases qui commencent par *Je me souviens*. Si une phrase t'inspire particulièrement, tu peux la développer sous la forme d'un récit court ou d'une brève description !

Étape 3 • Analyser la mise en place du récit policier

SUPPORT : Du début p. 28 à la ligne 280 p. 39.

OBJECTIF : Identifier les constituants d'un récit policier.

As-tu bien lu ?

1 Dans quelle ville et à quel siècle se déroule le récit ?
- ☐ À New York, au dix-septième siècle (en 16..)
- ☐ À Londres, au dix-huitième siècle (en 17..)
- ☐ À Paris, au dix-neuvième siècle (en 18..)

2 Qui sont les deux colocataires et amis présentés au début du récit ?

3 Quelles sont les deux affaires criminelles que le tandem narrateur-détective a déjà résolues ?
- ☐ L'affaire de la rue Carnage
- ☐ L'affaire de la rue Morgue
- ☐ L'affaire de Marie Roget

4 L'affaire de la lettre volée est-elle aussi une affaire criminelle ?

5 Pourquoi le préfet s'intéresse-t-il particulièrement à cette affaire ?

La présentation des personnages principaux

6 De quoi le narrateur et Dupin ont-ils parlé dans la « première partie de la soirée » ? À quoi songe le narrateur lorsque débute le récit ? Que peut-on en conclure au sujet des goûts des deux amis ?

7 Quelles sont les caractéristiques (physiques/morales/sociales) du héros-détective Dupin ?

8 Complète le texte suivant à propos du narrateur-personnage.
On ne sait presque rien de lui sinon qu'il est un .... de Dupin (même goût du mystère et de la réclusion) qu'il admire éperdument ; s'il s'attribue un rôle peu enviable de simple .... et de faire-valoir béat, il demeure cependant le maître du .... Il sait ménager l'intérêt du lecteur sur l'affaire de la lettre et sur .... : au début de la nouvelle le narrateur est sur le devant de la scène et pose de nombreuses .... , ensuite c'est Dupin qui monopolise la parole et l'action.

Un cas « excessivement *bizarre* » (l. 39, p. 29)

9 Pourquoi le préfet est-il venu chez Dupin (en apparence et en réalité) ? Pourquoi fait-il tant le mystérieux ? Trouve deux raisons.

10 Quelles sont les principales étapes de l'enquête officielle du préfet ? Pourquoi se trouve-t-il dans une impasse ?

11 Formule le double problème posé dans cet extrait.

La langue et le style

12 Ce début de conte policier présente de multiples éléments qui prêtent à rire ou sourire. Relie les formes de comique aux exemples tirés du texte.

A. Le comique de mots •	• Le préfet empressé de retrouver la lettre uniquement par appât du gain (portrait satirique).
B. Le comique de geste •	• Quand le préfet détaille méticuleusement jusqu'à l'absurde les types de fouilles dans l'hôtel du ministre, le discours du préfet devenant aussi mécanique (parallélisme des structures syntaxiques) que la procédure décrite.
C. Le comique de caractère •	• Commentaires sibyllins (« Un peu *trop* évident. », l. 51) et propos ironiques de Dupin (« Il n'était pas possible [...] d'imaginer un agent plus sagace », l. 123-125) qui manie le langage avec une grande subtilité.
D. Le comique de situation •	• Quand Dupin, de façon inattendue, éteint la lampe à huile et lance paradoxalement : « Si c'est un cas qui demande de la réflexion [...] dans les ténèbres. » (l. 24-26)

Faire le bilan

13 Récapitule les éléments constitutifs d'un récit policier à énigme : la victime, le délit, le mode opératoire, le coupable, le mobile, l'enquêteur, le(s) suspect(s), le but de l'enquête.

14 *La Lettre volée* s'annonce comme un récit policier très original. Pourquoi ?

À toi de jouer

15 Imagine un cadre de la vie quotidienne (lieu clos : collège, gymnase, immeuble...) pertubé par un événement qui plongera ton lecteur dans un début de récit policier : arrivée d'un être louche, d'un paquet bizarre...

Étape 4 • Étudier le problème policier et sa résolution

SUPPORT : Extrait 1 : de la ligne 281 p. 40 à la ligne 617 p. 53.
Extrait 2 : de la ligne 618 p. 53 à la fin.

OBJECTIF : Comprendre l'enquête de Dupin et sa logique.

As-tu bien lu ?

1 Quand a lieu la seconde visite du préfet de police (par rapport à la première) ?

2 Dupin lui restitue la lettre en échange...

- ☐ D'un rendez-vous secret avec la reine
- ☐ D'une importante somme d'argent
- ☐ D'un bon repas dans un célèbre restaurant

3 Où se trouvait la lettre volée ? Pourquoi était-elle difficile à retrouver ?

4 Lors de la seconde visite, quelle ruse utilise Dupin pour subtiliser la lettre ?

- ☐ Il verse un somnifère dans le verre du ministre.
- ☐ Il fait tirer des coups de feu par un complice.
- ☐ Il mime une scène du théâtre de Crébillon.

5 Par quoi Dupin remplace-t-il la lettre qu'il dérobe ?

L'énigme résolue (Extrait 1)

6 Quel est l'effet produit par la restitution de la lettre à ce moment du texte ?

7 Dupin ne rend pas tout de suite la lettre au préfet mais agit en trois étapes. Lesquelles ?

8 Comment procède Dupin pour se faire admirer tel un magicien ?

La lettre retrouvée puis dérobée une seconde fois (Extrait 2)

9 Comment Dupin s'y prend-il pour découvrir la lettre cachée ?

10 Énumère les caractéristiques de la lettre qui se trouve sur le porte-carte. Cite le texte. En quoi diffère-t-elle de la lettre décrite par le préfet ? Quel est le seul point commun entre les deux lettres ?

11 Quelles sont les trois indices qui rendent Dupin certain que la lettre qu'il voit est bien celle qu'il recherche ?

12 Lors de l'épisode du coup de feu (l. 686 à 705), quel point de vue adopte Dupin-narrateur ? Pourquoi ? Comment se nomme le procédé qui consiste à susciter une attente angoissée ?

13 De quelle qualité remarquable face au danger fait preuve Dupin lorsqu'il subtilise la précieuse lettre ?

La langue et le style

14 Que signifie le mot « mystère » ? Le mot « énigme » ? Le mot «problème » ? Tu peux t'aider du dictionnaire. Pour le préfet, la disparition de la lettre est-elle un mystère, une énigme ou un problème (justifie ta réponse) ? Et pour Dupin ?

Faire le bilan

15 La fin de *La Lettre volée* présente successivement la solution de trois problèmes épineux ; précise la façon dont chaque problème est résolu...

1re partie l. 635 à 685	Où donc était la lettre volée ?	
2e partie l. 686 à 705	Comment a-t-elle été récupérée ?	
3e partie l. 706 à 746	Pourquoi avoir fabriqué une autre lettre ?	

À toi de jouer

16 Après avoir relu l'extrait 2, réécris le récit en racontant le vol et la permutation de la lettre du point de vue du ministre D...
- Soit D... raconte à un ami (dans une lettre, par exemple) comment il s'est fait duper par Dupin.
- Soit D... raconte comment il a réussi à duper Dupin ; dans ce cas, tu devras imaginer que D... a été plus malin que Dupin et qu'il a remplacé la vraie lettre par une lettre contenant un petit message pour Dupin...

Étape 5 • Analyser l'art de la nouvelle dans les deux récits

SUPPORT : Les deux nouvelles et deux brefs extraits.

OBJECTIF : Étudier les procédés d'écriture de Poe.

As- tu bien lu ?

1 La principale préoccupation de Poe est :
- ☐ Faire rire aux éclats son lecteur
- ☐ Instruire agréablement son lecteur
- ☐ Frapper l'imagination de son lecteur

2 Les personnages (le chat noir, le narrateur du *Chat noir*, Dupin et D...) ont en commun :
- ☐ D'être doubles (avoir une double personnalité)
- ☐ De posséder des doubles (deux personnages ont la même personnalité)
- ☐ D'être doubles et de posséder des doubles

L'art de la composition

3 Montre que les deux nouvelles concentrent l'intérêt sur une action principale (unité d'action) s'inscrivant dans une chronologie resserrée (unité de temps) et des lieux clos (unité de lieu).

4 Quels sont les deux moments forts qui ponctuent chacune des deux nouvelles et préfigurent le dénouement ?

L'art du suspense et de la chute

5 D'où provient le suspense dans chacun des deux extraits ?
Extrait 1 : le narrateur du *Chat noir* fait visiter la cave à la police (l. 346 à 382, p. 25-27). Extrait 2 : l'épisode de *La Lettre volée* où Dupin intervertit les lettres (l. 686 à 705, p. 56-58).

6 Dans ces deux extraits, le narrateur-tueur et Dupin-narrateur semblent-ils, eux, angoissés par le danger auquel ils sont exposés ?

7 Dans *Le Chat noir*, en quoi la chute de la nouvelle forme-t-elle une boucle qui nous ramène au début (lien entre la fin et le début) ?

8 La lecture d'une nouvelle terminée, son titre prend toujours un sens neuf. *Le Chat noir*, qui ne mentionne qu'un animal, te paraît-il justifié ?

9 Pourquoi peut-on dire que la citation qui clôt *La Lettre volée* sert à la fois à lever un mystère (pour D…) et à en relancer un autre (pour le lecteur) ?

Faire le bilan

10 L'intention concertée de Poe est d'impressionner son lecteur grâce à divers moyens récapitulés dans le tableau ci-dessous ; complète-le.

Le temps	Les méfaits surviennent en général durant …… . Dans *Le Chat noir*, c'est dans cette période qu'ont lieu les actes cruels d'énucléation ou de meurtre. Dans *La Lettre volée*, c'est à ce moment-là que l'appartement et le ministre sont …… .
L'espace	Les lieux génèrent des confrontations menaçantes. Dans *La Lettre volée*, le bureau de D… est …… (coups de feu, risque de lutte physique) ; dans *Le Chat noir*, le narrateur fréquente les bas-fonds et finit par assassiner sa femme dans une …… .
L'action	Dans *Le Chat noir*, l'effet de surprise effroyable résulte de l'évocation directe d'actes …… . Dans *La Lettre volée*, l'horreur est plutôt indirecte (allusion littéraire finale).
Les personnages	Les deux textes présentent des créatures étranges : le …… fascine mais rend fou ; …… et ……, derrière leurs manières civilisées, sont des personnages …… rivalisant d'orgueil et assoiffés de pouvoir.
Les effets	Les ressentis de peur sont fréquents : dans *Le Chat noir*, le narrateur et le chat …… mutuellement, la description finale est terrorisante ; dans *La Lettre volée*, Dupin n'est pas très rassurant, il …… .

À toi de jouer

11 Imagine le début d'un récit fantastique qui commencera par les mots suivants : « Comme chaque matin, dès mon réveil, j'allumai mon téléphone portable que je mettais à recharger pendant la nuit. L'écran s'éclaira, comme d'habitude, quand soudain… » Tu veilleras à créer une atmosphère étrange et détailler les marques physiques croissantes de la peur.

Étape 6 • Exploiter les informations de l'enquête sur l'histoire de la police

SUPPORT : L'intégralité des deux récits et l'enquête p. 84 à 95.

OBJECTIF : Comparer les méthodes de la police dans la réalité et dans la fiction.

As- tu bien lu ?

1 Quels personnages des deux récits ne sont pas malfaisants ?

2 La criminalité est omniprésente chez Poe ; parmi les crimes et délits suivants, lequel n'est pas commis par un des personnages principaux ?
☐ Le meurtre ☐ Le vol ☐ L'attaque à main armée ☐ La lèse-majesté

3 Lequel des deux récits explore la criminalité de l'intérieur en adoptant le point de vue du criminel ?

4 Quel est le point commun entre les victimes humaines des deux récits ?

Crimes et criminels

5 Quels sont les crimes commis par les deux figures du Mal dans *Le Chat noir* et *La Lettre volée* ? Comment les commettent-ils ?

6 Comment les deux criminels espéraient-ils déjouer les recherches de la police ? Explique en quoi leurs deux stratégies sont opposées.

7 Fais le portrait psychologique et social du ministre D... ; que sais-tu de lui et comment l'imagines-tu ?

Policiers et enquêtes

8 Quels fonctionnaires de police apparaissent dans les deux nouvelles ?

9 Essaie de reconstituer la technique d'enquête adoptée par la police dans chaque texte.

10 Comment l'affaire de la femme emmurée est-elle finalement résolue ?

11 C'est le détective Dupin qui résout l'affaire de la lettre volée. Sauras-tu compléter les étapes de son raisonnement logique (en réutilisant le maximum d'expressions du texte) ?

12 Quelles peines, dans chaque nouvelle, subiront les coupables ? Pour D..., c'est un châtiment sur trois plans (mondain, politique, intellectuel).

La langue et le style

13 Dans les deux récits, les héros sont des as de la duperie. Le tableau suivant présente des expressions ayant en commun l'idée de tromperie. Relie chacune d'elle à sa définition.

1	Donner le change
2	Faire prendre des vessies pour des lanternes
3	Jeter de la poudre aux yeux
4	Faire donner dans le panneau
5	Dorer la pilule

A	Faire tomber dans un piège
B	Faire croire des choses absurdes
C	Faire accepter une chose désagréable en la présentant de façon attirante
D	Faire prendre une chose pour une autre
E	Chercher à éblouir par des fausses apparences

Faire le bilan

14 Pourquoi, dans *Le Chat noir*, la police n'aurait-elle pas pu, sans l'aide du chat noir, arrêter le meurtrier ?

15 Dans *La Lettre volée*, pourquoi le préfet (et ses policiers spécialisés) ne trouvait-il pas l'emplacement de la cachette ? Comme Dupin, tu peux utiliser des syllogismes pour répondre (voir puce p. 47).

À toi de jouer

16 Poe introduit des personnages de la mythologie gréco-romaine dans ses nouvelles : le chat noir se nomme Pluton (dieu de la mythologie romaine) et Dupin fait allusion à Thyeste et Atrée (rois de la mythologie grecque). À ton tour de mêler intrigue policière et mythologie ! Pour cela, transforme un conte mythologique connu (que tu pourras trouver au CDI ou sur http://mythologica.fr) en une histoire policière courte...

La bête fantastique : groupement de documents

OBJECTIF : Comparer plusieurs documents sur le thème des animaux inquiétants.

DOCUMENT 1 E. T. A. HOFFMANN, *L'Homme au sable*, 1817, © GF-Flammarion.

Dans cette nouvelle, Nathanaël est traumatisé par l'histoire d'un croquemitaine[1] appelé « l'homme au sable », que lui contait dans son enfance une servante.

C'est un méchant homme qui vient trouver les enfants qui ne veulent pas aller au lit et il leur jette des poignées de sable dans les yeux, et ceux-ci, tout en sang, jaillissent hors de la tête, et il en remplit son sac et les emporte dans le croissant de la lune pour les donner à ses petits. Ils sont là sur leur nid avec des becs crochus, comme les hiboux, et ils picorent les yeux des petits enfants pas sages.

1. **Croquemitaine** : personnage imaginaire dont on menace les enfants pour les effrayer et s'en faire obéir.

DOCUMENT 2 VICTOR HUGO, *Les Travailleurs de la mer*, 1866.

Ce poème décrit le combat d'un jeune pêcheur solitaire, Gilliat, contre l'océan. Un jour, alors qu'il pêche sur un récif, le héros est assailli par une créature marine...

Tout à coup, il se sentit saisir le bras. Ce qu'il éprouva en ce moment, c'est l'horreur indescriptible. Quelque chose qui était mince, âpre, plat, glacé, gluant et vivant venait de se tordre dans l'ombre autour de son bras nu. [...] Brusquement une large viscosité longue et plate sortit de dessous de la crevasse. C'était le centre ; cinq lanières s'y rattachaient comme des rayons à un moyeu[1] ; on distinguait à côté de ce disque immonde le commencement de trois autres tentacules, restées dans l'enfoncement du rocher. Au milieu de cette viscosité il y avait deux yeux qui regardaient. Ces yeux voyaient Gilliat. Gilliat reconnut la pieuvre.

1. **Moyeu** : partie centrale d'une roue.

DOCUMENT 3 ARTHUR CONNAN DOYLE, *Le Chien des Baskerville*, 1901,

Dans ce récit policier, le docteur Watson raconte comment Holmes a pu expliquer la mort de Sir Charles de Baskerville, qu'une superstition attribuait à un chien infernal. Vers la fin, dans la lande, l'animal bondit soudain sur eux...

Un chien ! un chien énorme, noir comme la suie, mais un chien comme jamais yeux humains n'en ont vu. Du feu sortait de sa gueule, ses yeux brillaient d'un sombre éclat, son museau et ses fanons[1] étaient soulignés de flammes vacillantes. Jamais esprit déséquilibré ne put, en son délire, imaginer quelque chose de plus sauvage, de plus terrifiant, de plus infernal, que cette forme sombre et cette face sauvage qui, jaillies du milieu du brouillard, se révélaient à nous.

1. **Fanons** : pendants de peau sous le cou.

DOCUMENT 4 J. H. FÜSSLI, The Nightmare *(Le Cauchemar)*,
1781, huile sur toile, 102 × 127 cm, Detroit Institute of Arts Museum, USA.

Le peintre romantique représente une vision du sommeil basée sur un jeu de mot : en anglais, mare *signifie à la fois «jument» et « démon masculin»...*

As-tu bien lu ? As-tu bien vu ?

1 Quels animaux ordinaires reconnais-tu dans les documents 1, 2, 3 et 4 ? Quel animal te paraît le moins agressif ?

2 Quels sont les deux documents dans lesquels les créatures étranges sont liées au monde nocturne et au sommeil ?

3 Coche les trois points communs que certains de ces documents ont avec *Le Chat noir*.

☐ Énucléation (extraction de l'œil) ☐ Démon perturbant le sommeil
☐ Accès de folie menant au crime ☐ Agression par un animal familier

La localisation spatio-temporelle de la bête

4 À quel moment précis de la journée apparaissent les êtres zoomorphes (qui ressemblent à un animal) dans chacun des documents ?

5 Quelle est le territoire géographique de la bête fantastique dans chaque document ? Laquelle est difficile à situer géographiquement ?

Du banal animal à la bête surnaturelle

6 Comment les animaux suivants sont-ils rendus inquiétants ?

La bête ailée (doc. 1)...	•	•	... a le regard vitreux d'un aveugle.
La bête aquatique (doc. 2)...	•	•	... ne se découvre que peu à peu.
La bête à crocs (doc. 3)...	•	•	... a le pouvoir de se métamorphoser.
La bête équine (doc. 4)...	•	•	... crache du feu par la gueule.

7 Quelle parcelle d'« humanité » semble cependant renfermer en lui et dévoiler chaque animal effrayant ?

8 Dans chaque document, la bête est-elle un prédateur extérieur (venant du dehors) ou un prédateur intérieur (venant du dedans, de soi) ?

9 Les animaux des textes cristallisent des peurs qui se manifestaient déjà dans les mythes de l'Antiquité. Replace les trois personnages mythiques suivants au bon endroit dans le paragraphe : Cerbère, Scylla, Prométhée.

Le monstre des airs (texte 1) rappelle le destin d'un héros grec condamné à être dévoré vif par un rapace pour avoir volé du feu aux dieux de l'Olympe : . . . . Le monstre de l'eau (texte 2) fait penser à une créature à tentacules immortelle, habitant une caverne près de la mer, que dut affronter Ulysse ; appariée avec l'implacable Charybde, elle s'appelait . . . . Le monstre de la terre (texte 3) ressemble au chien à trois têtes, gardien des Enfers et capturé par Héraclès ; il s'agit de . . . .

Lire l'image

10 Décris précisément ce que tu vois sur ce tableau.

11 L'effet puissant de ce tableau résulte de ce qu'il dépeint simultanément deux mondes parallèles, lesquels ? À quelle partie du tableau chacun de ces mondes est-il associé ?

Faire le bilan

12 Complète les parenthèses dans le texte suivant ; chacune renvoie à un ou deux documents (doc. 1 ; doc. 2 ; doc. 3 ; doc. 4).

Le territoire de la bête fantastique peut-être celui de l'imaginaire enfantin (voir ...) ou s'étendre sur des espaces géographiques réels : les îles et les océans (voir ...), les déserts et les landes (voir ...) ou les décors urbains (voir ...). L'animal lui-même peut apparaître tel un prédateur extérieur semblant surgir du néant (voir ...) ou bien au contraire comme un prédateur né à l'intérieur de soi (voir ...).

À toi de jouer

13 Dans l'univers fantastique, il existe de multiples petites bêtes (araignées, scorpions, cafards, limaces, rats etc.) susceptibles, lorsqu'elles apparaissent sous l'aspect d'une multitude grouillante, de menacer l'espèce humaine de dévoration ou de disparition. Imagine une nouvelle très brève dans laquelle un personnage se trouve soudain confronté à une nuée de bestioles particulièrement hostiles...

Tant dans la nouvelle Le Chat noir *que dans* La Lettre volée *sont mis en scène des personnages de policiers et/ou d'experts cherchant une explication à un phénomène qui défie la raison. Dans* Le Chat noir, *la quête de la vérité mobilise fiévreusement «une troupe d'agents de police» ; dans* La Lettre volée, *cette recherche est menée par le préfet de police, puis par le détective Dupin volant au secours du premier et questionnant les évidences. En réalité, comment était organisée la police au temps de Poe ? Quelles étaient ses méthodes ? Comment ont-elles évolué tout au long de l'histoire de la police ?*

Comment est née la police ? Comment ont évolué ses méthodes ?

1 La police n'a pas toujours existé...

Dans l'Antiquité et jusqu'à une époque récente, le mot «police» (du grec* politeia, *dérivé de* polis *«cité») désignait «l'art de gouverner une cité, une ville». Les policiers n'existaient pas. Chacun devait assurer sa propre sécurité...

● DANS L'ANTIQUITÉ

À Athènes, les magistrats déléguaient la tâche de faire respecter la loi, contrôler les foules et arrêter les criminels à un corps de 300 archers scythes[1] de propriété publique ; cependant, les citoyens athéniens se chargeaient eux-mêmes de mener enquêtes et investigations en recourant abondamment... à la divination[2] ! Pareillement, à Rome, ce furent longtemps des esclaves gaulois qui s'occupèrent de maintenir l'ordre ; néanmoins, quand la ville atteignit un million d'habitants, l'empereur Auguste (27 av. J.-C.-14 ap. J.-C.) créa sept brigades de 1 000 hommes pour garantir la sécurité interne ; en cas de violences collectives (insurrection d'esclaves), les légionnaires étaient susceptibles d'intervenir. À la chute de l'Empire romain (Ve siècle), justice et police devinrent l'apanage des chefs de clans.

Mythes fondateurs et intrigues

Dans la Bible, *le prophète Daniel parvient par déduction à disculper une femme faussement accusée d'adultère, puis à démasquer deux prêtres imposteurs ; le sage roi Salomon réussit de même, grâce à sa perspicacité et à une bonne dose de ruse, à identifier une mère infanticide. Cependant, le plus célèbre enquêteur est certainement Œdipe qui, après avoir méthodiquement enquêté sur le meurtre du roi de Thèbes à l'aide de données concrètes, découvre que le coupable est... lui-même ! (Sophocle,* Œdipe roi, *Ve s. av. J.-C.)*

1. Les Scythes : ensemble de peuples nomades, d'origine indo-européenne, ayant vécu entre le VIIe et le IIIe siècles av. J.-C. dans les steppes eurasiennes.

2. Divination : action de découvrir ce qui est caché grâce à des moyens qui ne relèvent pas d'une connaissance naturelle.

3. Omnipoten[illegible] puissants et invincibles.

● AU MOYEN ÂGE

Au haut Moyen Âge, le pouvoir était divisé entre une multitude de seigneurs féodaux, omnipotents[3] dans leurs fiefs ; la façon de rendre la justice était alors fort partiale, le même seigneur élucidant l'infraction et châtiant son auteur ! Chacun rendant chez lui sa propre justice, le territoire était couvert d'une mosaïque de petites milices privées, composées chacune d'un prévôt[4] et d'une horde de sergents cupides, ignares et brutaux, qui évitaient de s'attaquer aux gens d'armes ; les nombreux aventuriers, filous et malfaiteurs, circulaient par bandes, en totale impunité, pillant villes et campagnes dans tous le pays.

Assassinat d'un homme d'armes par des brigands, *manuscrit français, xve siècle, BnF, Paris.*

● PARIS JUSQU'AU MILIEU DU XVIIe

Malgré le guet instauré par Saint-Louis en 1254, la capitale était un coupe-gorge[5] : on dévalisait les carrosses en centre-ville, les rixes à couteaux tirés entre soldats et laquais étaient fréquentes, la loi du plus fort dominait partout. Parisiens et Parisiennes étaient donc armés et sans cesse sur le qui-vive pour éviter les coupeurs de bourse. On poignardait en moyenne une personne par jour dans les rues de Paris[6] !

La Cour des miracles

Au temps de Louis XIII et de Richelieu, Paris recelait 7 cours des miracles : quartiers à l'abandon où se réfugiaient les pauvres de la ville. Le soir venu, ces lieux infestés de vagabonds et de gueux, où l'on parlait l'argot, s'animaient. Nul sergent n'osait se risquer dans cette société parallèle. On estime aujourd'hui qu'environ 30 000 brigands et « gens mal vivants » s'entassaient dans ces zones de la capitale qui existaient depuis le XVIe siècle. Victor Hugo y fait référence dans *Notre-Dame de Paris*.

4. Prévôt : au Moyen Âge, agent du seigneur ou du roi chargé de rendre la justice et d'administrer le domaine confié.

5. Coupe-gorge : lieu dangereux, passage fréquenté par des criminels.

6. À Paris, en 1643, on a compté 372 homicides pour 500 000 habitants *intra muros* ; dans toute la France, en 2009, il y en a eu 755 pour 63 millions d'habitants...

2 La naissance et l'essor de la police

Dès la fin de l'Ancien Régime, la police moderne française est organisée : on lui donne une cohésion et on la dote de moyens (humains, financiers) suffisants pour qu'elle puisse garantir l'ordre public et lutter contre la criminalité. Elle reste néanmoins assujettie au pouvoir politique[1]...

● LA NAISSANCE DE L'ADMINISTRATION POLICIÈRE

Dans un édit de 1667, Louis XIV sépare la police de la justice et la place sous l'autorité d'un lieutenant de police[2], dont les missions sont clairement définies : assurer la sécurité, faire respecter l'interdiction de port d'armes, contrôler les tavernes et les cabarets louches, surveiller les maisons de jeu tenues par la pègre[3]. En 1800, on rebaptise la fonction : le chef de la police parisienne est nommé préfet de police de Paris, avec autorité sur une nuée d'inspecteurs en civils et de sergents de ville en uniforme, portant tricorne et épée (à partir de 1829). Cette nouvelle organisation policière basée sur la surveillance et la répression, mise en place par Napoléon Bonaparte, sera progressivement étendue à tous les départements (préfectures et sous-préfectures) et fonctionne encore aujourd'hui.

L'invasion des « mouches »

Devenue une administration autonome, la police s'est mise à recruter et à mettre en réseau des mouchards. Appartenant à tous les milieux (courtisans, laquais, prêtres, repris de justice, prostituées), généralement rémunérés, ces indicateurs permettaient à la police de mettre en fiches la conduite et les habitudes d'un grand nombre de Parisiens.

1. Par exemple, dans *La Lettre volée*, le préfet de police est aux ordres de la reine.

2. Le premier lieutenant de la police parisienne — qui se nommait La Reynie — commença par fixer dans les rues, « tous les vingt pas », 2 736 lanternes !

3. La pègre : milieu des voleurs et malfaiteurs.

La marque au fer rouge

Chez les Romains, les condamnés la portaient sur le front pour que la trace de leur crime soit bien visible. Sous l'Ancien Régime, cette trace infamante, imprimée au fer brûlant sur le dos, l'épaule, la jambe ou la main représentait une fleur de lys qui fut ensuite remplacée par des lettres : V pour « voleur », GAL pour « galérien », TP pour « travaux (forcés à) perpétuité » et F pour « faussaire ». Vautrin (héros de Balzac dans *Le Père Goriot*, 1835), pour camoufler les signes infamants gravés sur son corps, s'arrache les chairs avec un crochet ! Ce marquage douloureux et traumatisant fut aboli en 1832. L'expression « être marqué(e) au fer rouge » signifie aujourd'hui au sens figuré « être traumatisé par un fait ».

• VIDOCQ, UNE IMAGE NEUVE (MAIS TROUBLE) DU POLICIER

François Vidocq (1775-1857), bagnard repenti, devient chef de la Sûreté de 1811 à 1832. À la fois bandit et défenseur de l'ordre, il se constitue une brigade inouïe composée d'une douzaine d'agents qui sont tous d'anciens criminels. Rusé et méthodique, Vidocq rénove les procédures policières, en encourageant l'espionnage et la délation. Il obtient des résultats surprenants pour l'époque en interpellant chaque année environ un millier de faussaires, voleurs, receleurs, vagabonds et meurtriers. Ses *Mémoires* (1828) popularisent le limier de police (espion) traquant le malfaiteur comme du gibier[4].

Eugène-François Vidocq, *gravure anonyme, XIXe siècle.*

4. Poe critique la façon de raisonner de Vidocq dans *Double assassinat dans la rue Morgue* : « Vidocq, par exemple, était bon pour deviner [...] il faisait continuellement fausse route. »

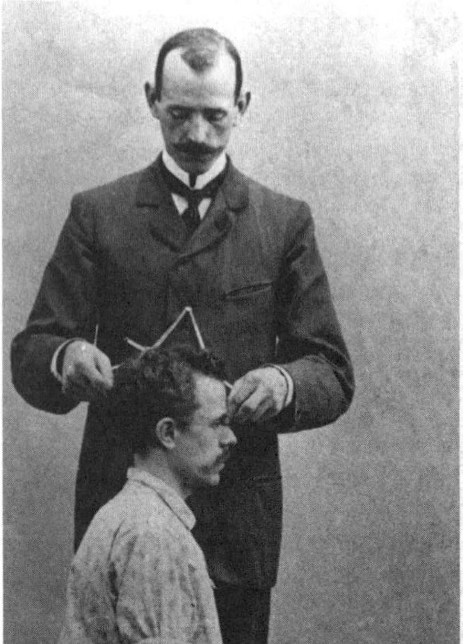

Système anthropométrique d'Alphonse Bertillon (1853-1914).

• VERS UNE RATIONALISATION SANS ÉTAT D'ÂME DU MÉTIER

Tout au long du XIXe siècle, la police bénéficie des progrès techniques. En premier lieu, de l'invention de la photographie (1840). L'anthropométrie, ensuite, qui consiste à prendre une série de mensurations (taille, longueur du médius, de la coudée, du pied, de l'oreille) d'un criminel, facilite dès 1879 l'identification des récidivistes. Les services de police avaient en 1879 cinq millions de fiches de délinquants classés par ordre alphabétique ! Enfin, la dactyloscopie (observation des empreintes digitales), procédé facile à mettre en œuvre, permet d'avoir la preuve qu'un individu est ou n'est pas sur une scène de crime. Cette évolution constante de la profession amène l'ouverture en 1883 de la première école de police du monde, au siège de la préfecture de police de Paris qui était une caserne construite sur l'emplacement d'un marché aux volailles (d'où le sobriquet de « poulets » donnés aux élèves). L'enseignement donné insistait sur les bonnes pratiques professionnelles et l'idée de déontologie policière.

3 Comment a évolué l'art d'enquêter ?

Pour démasquer le coupable d'un crime, il existe de multiples techniques. Certaines datent du Moyen Âge, d'autres ont été mises au point au moment où Poe inventait le genre policier...

• GENÈSE DE L'ENQUÊTE

Au Moyen Âge[1], la pratique de l'ordalie[2] probatoire remet à l'honneur l'influence divine. Ce sont pourtant les tribunaux de l'Inquisition catholique, à partir du XIIIe siècle, qui créent les premiers interrogatoires et des manuels expliquant leur déroulement. Pour traquer les hérétiques et les sorcières, les Inquisiteurs font noter les questions et les réponses de milliers d'individus, simples témoins ou suspects. Les dossiers d'enquête sont nés.

• L'AVEU, REINE DES PREUVES

Pendant des siècles, le seul but des acteurs judiciaires est de faire en sorte que le présumé coupable finisse par avouer. Le moyen le plus fréquent est de soumettre la personne à la « question[3] », c'est-à-dire à d'effroyables supplices corporels ininterrompus ; entre deux séances de tortures officielles et parfaitement légales, le suspect était nourri, rafraîchi et même parfois félicité pour son courage !

Zadig ou la détection scientifique

Voltaire (1694-1778), philosophe des Lumières, montre dans *Zadig* (1748) comment on peut parvenir par la déduction seule à résoudre une énigme policière. Pour décrire un cheval et un chien qu'il n'avait pourtant jamais vus, Zadig adopte une démarche scientifique fondée sur l'observation, avec discernement, des indices matériels ; il met aussi en œuvre un esprit d'analyse et des connaissances précises sur divers sujets.

1. Lis le roman culte d'Umberto Eco *Le Nom de la rose* se déroulant en 1327 !

2. Ordalie : épreuve judiciaire (un duel par exemple) dont l'issue, réputée dépendre de Dieu, établissait la preuve de la culpabilité ou de l'innocence

3. Le mot **« question »** a pour étymologie le mot latin *quaestio*, « recherche »

Trois officiers en civil et un commissaire de la police effectuent une perquisition dans le cadre de l'affaire Dreyfus, *illustration parue dans* Le Petit Parisien *du 05/12/1897, collection privée.*

● LA PREUVE PAR L'INDICE

Louis XVI, sous la pression de l'opinion publique et de Voltaire, abolit la torture en 1788. Arracher des aveux devenant illégal, la police est contrainte d'humaniser et de rationaliser les procédures d'investigation. Les traces matérielles sont inventoriées et dessinées. On accumule des documents, notamment des plans du lieu du crime pour reconstituer les faits, on recoupe les informations en multipliant les interrogatoires, on mobilise des experts, des médecins, des savoirs scientifiques (botanique, chimie...).

Étapes et méthodes de l'enquête moderne

Depuis le début du XIXe siècle, la procédure judiciaire passe généralement par les mêmes étapes : après que le crime (vol ou agression) ait été découvert, on cherche des indices sur le lieu du crime, puis les témoins sont interrogés. Ainsi à la fin du Chat noir, *les inspecteurs, face à la mystérieuse disparition de l'épouse, interrogent le voisinage puis font des perquisitions et visites de la cave. Dans* La Lettre volée, *le préfet utilise des passe-partout, a des indicateurs, fouille le domicile et ordonne la filature du supect[4] D... Des preuves sont ensuite collectées, permettant l'arrestation de l'auteur présumé, appelé principal suspect (le travail de la police judiciaire s'arrête ici) ; ce dernier passe devant un tribunal et il est jugé ; une sentence est prononcée, qui le désigne coupable ou non.*

4. Suspect : témoin que l'on croit susceptible d'avoir commis le crime.

4 Qu'en est-il de la police judiciaire aujourd'hui ?

La force publique française est constituée de la police nationale, de la gendarmerie nationale et des polices municipales. La police judiciaire, la PJ, est chargée des enquêtes.

● **LES MISSIONS DE LA PJ**

Le travail d'un officier de police judiciaire est de constater les infractions[1] pénales, d'en rassembler les preuves, d'en rechercher les auteurs et leurs complices, de les arrêter et de les déférer aux autorités judiciaires (procureur de la république, juge d'instruction). Lorsque l'infraction est une affaire de meurtre en apparence insoluble (environ 60 cas par an), l'affaire est confiée à un service spécial, la Brigade criminelle (« La Crim' »), dont les fins limiers parviennent à un taux d'élucidation de 70 %, soit 10 % de plus que la célèbre police londonienne Scotland Yard !

Des enquêteurs de légende

Le premier écrivain français à rivaliser avec Poe est Gaston Leroux (1868-1927). Il a l'idée de mettre en rivalité deux enquêteurs — un inspecteur de la PJ (Larsan) et un très jeune journaliste-détective (Rouletabille) — pour résoudre une tentative de meurtre à la limite du fantastique ; c'est le célèbre Mystère de la chambre jaune *(1907). Par la suite, Georges Simenon crée le légendaire commissaire de la PJ Jules Maigret dont la première enquête officielle est* Pietr le Letton, *roman paru en 1931.*

1. **Infraction** : action illégale. Il y en a trois catégories : les contraventions, les délits, les crimes.

● LA POLICE TECHNIQUE ET SCIENTIFIQUE (PTS)

Ce service centenaire de la PJ est né en 1910 à Lyon où un médecin, E. Locard, a l'idée d'ouvrir le premier laboratoire de police scientifique du monde, selon le principe (toujours valable) qu'il établit : « nul individu ne peut séjourner en un point sans y laisser la marque de son passage, surtout lorsqu'il a dû agir avec l'intensité que suppose l'action criminelle. » Aujourd'hui, les policiers en blouse blanche d'Écully (près de Lyon) continuent d'étudier les crimes au microscope en procédant à des analyses génétiques[2], balistiques[3], toxicologiques[4]... Leur démarche est toujours la même : faire des prélèvements (salive, bout de peau, empreintes, cheveux etc.) sur les scènes de crime, dans le but de comparer ces échantillons avec un indice témoin. Le champ ouvert à ces experts de la recherche criminelle s'est encore accru récemment : ils peuvent « fouiner » dans les vidéos des caméras de surveillance, les téléphones, les ordinateurs, les réseaux sociaux (Facebook) etc.

Un policier effectue un relevé d'empreintes digitales. ☞

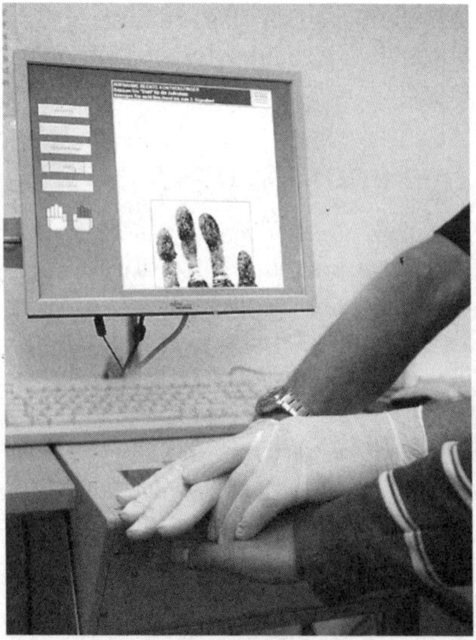

Une odeur de...

La dernière spécialité de la PTS est l'odorologie : on prélève des molécules odorantes sur le lieu d'un crime puis on « demande » à un chien-expert de renifler le suspect !

2. Génétiques : qui se rapportent aux caractères héréditaires des individus, aux gènes. Contrairement à ce qu'on voit dans les séries (*NCIS*, *Les Experts*, etc.), il faut non pas 5 minutes mais 5 heures pour faire une analyse génétique !

3. Balistiques : qui se rapportent aux projectiles et à leurs trajectoires.

4. Toxicologiques qui se rapportent aux produits toxiq aux poisons.

La vérité est dans le cheveu

Les fictions policières actuelles utilisent depuis une dizaine d'année les techniques de la police scientifique pour dénouer une intrigue. Par exemple dans cet extrait du roman *La Proie secrète* (2000) de l'anglais J. Sandford :

– Si votre grand-mère a été empoisonnée, l'analyse des cendres par un laboratoire pourrait révéler quelque chose.

Connie regarda sa mère, qui fronça les sourcils et demanda :

– Quoi ?

– Tu as pensé à cette mèche de cheveux dans le cadre, avec sa photo ? Tu m'as dit que tu les avais coupés le jour de sa mort.

[...]

Sherrill, qui n'était pas intervenue jusque là, éleva la voix :

– Le toubib d'Oxford pense que George Lamb a été empoisonné à l'arsenic. Si Amélia a été tuée de la même manière, et la situation paraît similaire, eh bien, cela peut se voir dans les cheveux.

«Enquêteur de police» est-ce un métier spécifique ?

Non ! Dans la police française, les seuls fonctionnaires autorisés à mener des enquêtes et procéder à des arrestations sont les lieutenants de police (anciennement, inspecteurs de police) ; recrutés sur concours à bac + 3, ils officient dans divers service – notamment à la PJ, qui lutte contre le crime – et commandent, en civil ou en uniforme, les gardiens de la paix.

Parallèlement, opèrent les détectives privés qui mènent des investigations confidentielles pour le compte de particuliers (recherches de disparus, renseignements de moralités « avant-mariage », filatures « extra-conjugales », surveillance par micros et caméras espion...) ou d'entreprises (collectes de données sur des employés futurs ou passés, dépistages d'escroqueries ou de détournements, clients mystère...) ; ces agents de recherches privées, formés dans des écoles payantes, sont soumis au secret professionnel et à un code déontologique international.

Table des illustrations

Iconographie : Hatier Illustration
Principe de maquette : Marie-Astrid Bailly-Maître & Sterenn Heudiard
Suivi éditorial : Carole San-Galli
Illustrations intérieures : Nicolas Thers
Mise en page : CGI

Achevé d'imprimer par Grafica Veneta à Trebaseleghe - Italie
Dépôt légal n° 95429-0/01 - Août 2011